Saphira Czychon

Die, die mit dem Tod tanzten

AF236298

Saphira Czychon

Die, die mit dem Tod tanzten

Roman

Impressum

Infos zum Autor:

Saphira Czychon wuchs in einer kleinen Stadt in Deutschland auf und begann schon mit jungen Jahren zu schreiben und Geschichten lebendig werden zu lassen. In ihrem dritten Buch geht die Geschichte rund um Skyler Johnson und Taylor Standel weiter und auch zu Ende. Und es ist nicht nur eine Geschichte, es ist das Leben.

Bibliografische Information der Deutschen Nationalbibliothek:
Die Deutsche Nationalbibliothek verzeichnet diese Publikation in der Deutschen Nationalbibliografie; detaillierte bibliografische Daten sind im Internet über http://dnb.dnb.de abrufbar.

Herstellung und Verlag: BoD – Books on Demand, Norderstedt

ISBN: 978-3-7526-0628-7

Für alle, die einen Menschen mehr

liebten als sich selbst.

Bevor dieses Buch beginnt möchte ich, dass Ihr euch kurz die folgenden Seiten anschaut, um euch ein bisschen vertraut mit den Themen: *Magersucht, Bulimie und Binge-eating* zu machen, da sie in diesem Buch thematisiert werden.

Viele von euch haben diese Kenntnisse vielleicht schon, aber es ist trotzdem wichtig, dass nochmal zu erwähnen. Deswegen setzte ich an dieser Stelle eine *Trigger Warnung.*

Anorexia nervosa (Magersucht)

Anorexia nervosa (<u>griech.</u>/<u>lat.</u>: übersetzt etwa „nervlich bedingte Appetitlosigkeit") oder **Magersucht** ist eine Form der <u>Essstörung</u>. Davon betroffene Menschen besitzen eine <u>gestörte Wahrnehmung des eigenen Körpers</u> und verweigern aus Furcht vor Gewichtszunahme die Aufnahme von Nahrung.

Andere Bezeichnungen sind auch **Anorexia mentalis (mentale Anorexie)**, **Apepsia hysterica** oder veraltet **Anorexia hysterica** (im 19. Jahrhundert). *Anorexia nervosa* ist nicht gleichbedeutend mit dem Begriff <u>Anorexie</u>, welcher lediglich allgemein eine Appetitlosigkeit beschreibt, unabhängig von der Ursache.

Die Anorexia nervosa hat unter weiblichen <u>Teenagern</u> eine geschätzte Häufigkeit (<u>Prävalenz</u>) von 0,7 %. Damit ist sie zwar seltener als die <u>Bulimie</u> (Ess- und Brechsucht), zeigt aber nicht selten mit schweren körperlichen Komplikationen einen deutlich ungünstigeren Verlauf. Die Erkrankung beginnt am häufigsten im Teenager-Alter, wobei eine <u>Diät</u>, die anschließend außer

Kontrolle gerät, ein Einstieg sein kann.

Die Krankheit kann jedoch auch bei Erwachsenen oder bereits vor Eintritt der Pubertät auftreten. Nur einer von zwölf Erkrankten ist männlich;[8] Anorexia nervosa wird jedoch in den letzten Jahren immer öfter auch bei männlich Betroffenen diagnostiziert. Womöglich liegt das nicht an einer tatsächlichen Zunahme männlich Betroffener, sondern daran, dass Eltern zunehmend auch Hilfe für Söhne suchen.

Quelle: Wikipedia

Bulimie (Ess- Brechsucht)

Die **Bulimie** oder **Bulimia nervosa** (auch **Ess-Brechsucht** und **Bulimarexie** genannt) ist eine unter anderem durch übersteigerten Appetit und übermäßige Nahrungsaufnahme gekennzeichnete Erkrankung und gehört zusammen mit der Magersucht, der Binge-Eating-Störung und der Esssucht zu den Essstörungen.

„Bulimie" stammt über neulateinisch *bulimia*[2] von altgriechisch βουλιμία, *boulimía*, **Heißhunger**, wörtlich **Ochsenhunger** oder **Stierhunger**, aus βοῦς, „Ochse, Stier, Kuh, Rind" und λιμός, „Hunger" und bezeichnet allein streng gesehen lediglich das Symptom des Heißhungers und wird dann auch als **Hyperorexie** (aus altgriech. ὑπέρ-hypér, „über-" und ὄρεξις *órexis*, „Appetit") bezeichnet.

Von der Bulimia nervosa sind überwiegend (zu 90–95 %) Frauen betroffen. Bei jungen Frauen in der Adoleszenz und im jungen Erwachsenenalter liegt die Prävalenz bei 1–3 %. Berufsgruppen, bei denen geringes Körpergewicht für das Ausüben des Berufs verlangt oder vorteilhaft ist (zum

Beispiel <u>Fotomodell</u>, <u>Tänzer</u>, <u>Skispringer</u>), sind für diese Krankheit besonders anfällig.

Die Ursachen der Bulimie ähneln denen der <u>Magersucht</u>. Nicht selten geht der Bulimie eine <u>anorektische</u> Phase voraus oder wechselt sich mit Phasen der Magersucht ab.

Gründe für das Erbrechen sind vor allem die <u>Angst</u> vor einer möglichen Gewichtszunahme sowie <u>Scham</u> über den eigenen <u>Kontrollverlust</u>/das eigene Versagen. Die Nahrungsmenge kann im <u>Magen</u> auch ein unangenehmes Völlegefühl und Schmerzen verursachen, sodass das anschließende Erbrechen erleichternd wirkt.

Quelle: Wikipedia

Binge Eating (Esssucht)

Binge Eating oder **Binge-Eating-Störung** (*BED*, englisch *Binge Eating Disorder*, vom englischen *binge* = Gelage) ist eine Essstörung, bei der es zu periodischen Heißhungeranfällen (Essattacken, umgangssprachlich auch „Fressattacken" oder „Fressanfälle") mit Verlust der bewussten Kontrolle über das Essverhalten kommt. Im Gegensatz zur Bulimie werden anschließend keine Gegenmaßnahmen unternommen, so dass längerfristig meist Übergewicht die Folge ist.

Die Binge-Eating-Störung betrifft etwa 2 % der Bevölkerung. Damit gilt sie als die häufigste Essstörung. Unter den Betroffenen befinden sich mehr Frauen als Männer und die Häufigkeit der Essstörung nimmt mit steigendem Alter zu.[6][7] Ein großer Teil der *Binge Eater* ist übergewichtig – allerdings leidet umgekehrt nur etwa ein Drittel der Adipositas-Patienten in Programmen, die dem Abnehmen dienen, an Heißhungerattacken.[6]

Quelle: Wikipedia

Ein paar der Ereignisse in diesem Buch beziehen sich auf Gedanken, die ich im Jahre 2018 hatte, da ich selbst zu diesem Zeitpunkt an einer Essstörung litt. Das aufschreiben dieser Gedanken hat geholfen, sie besser zu verarbeiten. Be gentle.

Amsterdam, ein halbes Jahr danach

Kapitel 1
Wir tun es, um uns nicht spüren zu müssen

Ein kurzer Windschub kam durch das quadratische Fenster hinein in den kleinen Raum und wehte mir eine dünne blonde Haarsträhne aus meinem eingefallenen Gesicht. Automatisch stellten sich meine Haare an meinen Armen auf und eine leichte Gänsehaut bildete sich.

Dein Leben lang wünschst du dir nichts sehnlicher, als das alles normal wird. Nur hast du dieses Wort „normal" nie hinterfragt. Was ist denn schon heutzutage normal?

Du wartest auf den Tag, an dem du aufwachst und plötzlich alles gut ist, dabei wird es nie gut sein. Genauso wie es nie schlecht sein wird. Es wird immer etwas dazwischen sein. Mal mehr und mal etwas weniger.

Nervös knibbelte ich an meinen fingern und an meiner dünnen Nagelhaut, bis eine kleine Stelle anfing zu bluten. Betrübt schaute ich meine Therapeutin an und drückte mit einem anderen Finger auf die blutende Stelle.

„Ich heiße Skyler Johnson", brachte ich nach wenigen Sekunden heraus und mir war es egal, ob ich schüchtern rüber kam oder nicht. Innerlich schrie ich. Und das lauter als je zuvor.

Ich schaute durch die mittel große Runde unserer Therapiegruppe, die meine Therapeutin hier am Saint Grace Hospiz in Amsterdam leitet. In dieser Gruppe befinden sich alles Patienten, die auch in Berührung mit einer Essstörung sind, so wie ich auch. Wir behandeln hier also Binge-Eating, Magersucht und auch Bulimie. Unter anderem ist der Plan, dass wir innerhalb dieser Gruppe Probleme, sowie Ängste besprechen und diese zusammen angehen und im besten Fall lösen werden. Meine Therapeutin ist der Meinung, dass es uns stärkt und uns zusammen schweißt, wenn wir uns gegenseitig helfen würden. Aus dieser Überzeugung heraus entstand diese Gruppe hier.

„Ich bin hier wegen Anorexie oder besser gesagt wegen Anorexia nervosa", sagte ich und schaute die anderen Mädchen an, die mindestens alle so untergewichtig waren, wie ich selbst und mit mir zusammen in einem Kreis, in der Mitte des Raumes saßen. Okay nicht alle waren Unter-gewichtig, aber ich war mir sicher, dass die meisten es waren.

„Leonie, möchtest du weiter machen?", fragte meine Therapeutin in die Runde. Und dies war keine Frage, das war eine Aufforderung, die befolgt werden musste.

„Ja, natürlich."

Sie wirkte sehr schüchtern und zurückhaltend und irgendwie auch traurig. Klar, warum wäre sie auch sonst hier. Wir sind alle traurige Skelette. Todtraurige Skelette, die keinen wirklichen Sinn mehr sehen.

„Ich heiße Leonie und ich bin hier wegen Bulimie", sagte sie, holte kurz tief Luft und schaute dann betrübt zu Boden. „Also eigentlich ist es mehr Magersucht als Bulimie, aber die Ärzte sagen, dass es Bulimie ist."

So ging es einmal reih um, bis jeder sich vorgestellt hatte und wir einen kleinen Überblick über die anderen hatten. So bestand also unsere Therapiegruppe aus Leonie, Emma, Dilara, Pia, Tessa und mir. Jeder sagte zum Kennenlernen seinen Namen und die Krankheit, die ihn erwischt hatte. Man merkte also vom ersten Augenblick an, was wichtig war. Und das war, dass die Krankheit einen ausmacht. So war ich also für die Ärzte nicht Skyler, die gern liest und Basketball spielt und das aufgeben musste, weil sie zu schwach dafür geworden war, sondern das Magersüchtige Mädchen, das schon nicht mehr richtig selbstständig Atmen konnte und deshalb ein Sauerstoffgerät mit sich herum tragen muss. Und genauso war es auch bei meinen Mitpatientinnen. Leonie, war nicht Leonie, sondern das kotzende Mädchen. Und es kotzte mich jetzt schon an, dass es so war und keiner eigentlich richtig begriff, dass es hier nicht um das Gewicht und zunehmen ging. Es ging um so viel mehr. Und das begriff niemand. Wirklich niemand.

Alle Ärzte hier sind fixiert darauf uns mit Essen zu quälen, weil sie denken, wenn wir essen, würden sich all unsere Probleme einfach so in Luft auflösen und alles wäre gut. Dabei fangen so die Probleme erst an. Sie denken ernsthaft wenn wir essen und Unmengen an Kilos zunehmen, seien wir gesund, dabei geht es doch hier um so viel mehr. Es geht darum unsere Gefühle nicht mit dem Essen zu kompensieren und einigermaßen, wie normale Menschen zu leben und nicht den ganzen Tag unter Beschuss zu stehen und bei jeder Mahlzeit von den Betreuern beobachtet zu werden. Es geht hier nicht Um Kalorien. Das ist nur der Weg, wie wir mit unseren Gefühlen umgehen. Um sie zu kompensieren, hungern wir. Oder wir stopfen alles in uns hinein und kotzen anschließend. Oder fressen. Oder wir schneiden uns. Die Liste könnte noch weiter gehen, aber das reicht für das erste.

Es sind alles Wege, unsere Gefühle zum Ausdruck zu bringen und irgendwie mit ihnen zu recht zu kommen.
Um sie nicht mehr spüren zu müssen.
Um uns selbst nicht mehr spüren zu müssen.
Um das Leben nicht mehr spüren zu müssen.

Kapitel 2
Die Dummheit-brennt-nicht-Bank

Unsere Gesellschaft ist eine traurige Gesellschaft. Menschen urteilen über dich, obwohl sie dich nicht einmal annähernd kennen. Und das sind die Menschen, die plötzlich deine verletzbarsten Stellen kennen und sie reißen diese Wunden immer wieder auf.

Sie haben keine Ahnung über dein Leben und alles, was du schon durchmachen musstest.

Kein Mensch auf dieser scheiß verfickten Welt hat das Recht über dich zu urteilen. Der einzige Mensch, der das darf, bist du selbst. Aber keiner, wirklich keiner, hat das Recht über dich, dein Umfeld oder sonst irgendwas zu urteilen. Und erst recht nicht über deinen Körper. Und das ist das Problem unserer Gesellschaft. Egal ob im realen Leben oder im bösen Internet. Sie sagen Dinge über dich, urteilen über etwas was sie sehen, aber nicht fühlen können. Sie sagen Dinge über deinen Körper, versuchen dich nieder zumachen und fühlen sich dadurch stark. Doch am Ende, sind genau dies die unglücklichsten und einsamsten Menschen unserer Gesellschaft. Und ich hasse es, das ich ein Teil dieser grausamen und hässlichen

Gesellschaft und Generation bin.

Ich ging nach draußen, um mir vor der Eingangstür der Klinik eine Zigarette an zu zünden und ein wenig frische Luft zu holen. Eigentlich rauche ich ja nicht, aber ab und zu hilft es mir Stress abzubauen und einen Moment zu entspannen. Paula hat früher mal zu mir gesagt „Es wirkt besser, als jedes Antidepressiva!" Sie muss es ja schließlich wissen. Sie muss nämlich ziemlich viele Tabletten nehmen und das tut mir irgendwie leid.
Ich nahm ein paar Züge und schaute mich etwas um.
Die ganze Zeit dachte ich, dass ich allein hier draußen war, aber plötzlich stand neben mir ein Mädchen mit langen dunklen Haaren, die ihr fast bis zur Hüfte reichten. Sie war ebenfalls hier Patientin. Das wusste ich, da ich sie bereits öfter beim Essen und bei der Ergotherapie gesehen hatte, aber wir hatten bisher noch nie mit einander gesprochen oder auch nur ein Wort gewechselt. Ich kannte nur ihren Namen.
„Du bist Skyler oder?", fragte sie mich und schaute mich freundlich an.
„Ja, die bin ich und du bist Marie, stimmts?", fragte ich und schaute sie ebenfalls mit einem andeutenden Lächeln an.

„Ja genau, wir haben zusammen Ergotherapie."
Sie lächelte mich an, dann schaute sie skeptisch auf meine Zigarette. „Du rauchst auch?"

„Ja, nur ab und zu. Nicht so oft."
Sie griff in ihre Jackentasche und holte eine Packung Malboro heraus.

„Dito", sagte sie und lächelte in den frühen Abend hinein.

„Hier in der Nähe ist ein schöner Park. Willst du mich begleiten?"
Marie sah mich erwartungsvoll an.

„Sehr gern, schaden kann es ja nicht", antwortete ich ihr und nickte in ihre Richtung.
Schweigend gingen wir nebeneinander her, Richtung Park. Ich schaute mir die Gegend an, die in der langsam werdenden Dunkelheit einfach nur wunderschön aussah. Irgendwie noch schöner als im hellen Licht.

„Also weswegen genau bist du hier?", fragte sie jetzt ernster.

„Magersucht und Depression", sagte ich und begann wieder an meinen Fingern zu knibbeln.

„Ich bekam meine Diagnose als ich 15 war." Ich holte tief Luft, dann sprach ich weiter. „Naja und eigentlich auch Liebeskummer, der mich emotional zu stark mitnimmt und du?"

„Depression und Anorektische Gedanken. Also im

Grunde das Selbe, nur dass ich nicht dünn bin", sagte sie und schaute verlegen zu Boden. „So wie du."

„Dünn sein heißt nicht unbedingt, dass man glücklich ist. Früher dachte ich das immer. Ich dachte wenn ich dünn bin geht es mir gut, aber irgendwie hat sich nichts geändert." Ich schaute zu meinen knochigen Beinen hinunter. „Mir geht es immer noch genauso schlecht, wenn nicht sogar schlechter."

„Das einzige was sich geändert hat ist, dass du jetzt hier bist."

Wir blieben schließlich bei einer Bank stehen und ließen uns dort nieder.

„Willkommen an meinem Stammplatz", sagte Marie und ließ sich nach hinten auf die Bank fallen.

„Du bist öfter hier?", fragte ich sie und schaute sie durch den Abend hindurch an.

„Fast jeden Tag." Sie schaute zu Boden.

„Als ich früher noch in New Jersey gelebt habe, war ich auch jeden Tag in einem ganz bestimmten Park."

„Ach ja?" Sie schaute wieder auf und durchbohrte mich praktisch mit ihren brauen wunderschönen Augen.

„Ja, ich habe ihn geliebt, aber dann sind wir weg

gezogen. Seit dem war ich nie wieder dort."

Marie kramte in ihrer Jacken Tasche und holte ein paar Bilder und rausgerissene Seiten hervor. Ich denke mal, dass sie aus einem Tagebuch stammen oder so.

Sie begann eines nach dem anderen anzuzünden, bis sich schließlich vor uns auf dem Boden ein kleines Feuer gebildet hatte.

„Was machst du da?", fragte ich sie und schaute verwirrt zu unserem kleinen „Privat Osterfeuer", das die geschriebenen Sätze verschwinden ließ und das ehemalige weiße Blatt in Asche verwandelte.

„Ich verbanne alles, was schlecht für mich ist. Meine Therapeutin hat es mir geraten. Willst du auch etwas verbrennen?"

„Ich habe nichts dabei und ich wüsste auch nicht was", sagte ich und schaute abwechselnd zu Marie und wieder zum Feuer um anschließend wieder zu Marie zu schauen.

„Hier", sagte sie und reichte mir ein paar kleine weiße Blätter und einen Kugelschreiber rüber.

„Schreib darauf, was schlecht für dich ist und zünde es anschließend an.

Ich schaute sie mit einem Fragezeichen an.

„Ich weiß das klingt ein wenig seltsam, aber glaub mir, es hilft."

Ich nahm mir einen weißen Zettel und schrieb darauf das Wort „Instagram". Anschließend daran schrieb ich noch Worte auf, wie „Manche Menschen", „Depression", „Hass" und schließlich das Wort „Ihn".

Marie schaute über meine Zettel und blieb bei dem Wort „Ihn" hängen.

„Wer ist damit gemeint?"

„Ach niemand besonderes."

„Du kannst mir nichts vor machen. Ich bin nicht blöd. Mich kannst du nicht belügen."

Stille.

„Na los, raus mit der Sprache."

Sie schüchterte mich ein.

„Ich habe einen Typen geliebt, aber er mich nicht. Nicht genug." Ich knibbelte erneut an meinen Fingern. So stark, dass es wieder anfing zu bluten.

„Schreib ihn an."

„Nein", brachte ich sofort hervor und wieder schaute sie mich mit ihrem durchbohrenden Blick an.

„Ich denke nicht, dass das eine gute Idee ist. Ich habe es schon oft probiert."

„Versuch es nochmal."

Dann sagte sie garnichts mehr und nahm einen weiteren Zettel und schrieb darauf das Wort „Dummheit".

Sie reichte mir das kleine Stückchen Papier entgegen und ich fing es mit meiner rechten Hand auf.

„Hier das ist dein Part. Zünde es an."

Ich faltete den Zettel auseinander und entzündete das Feuerzeug. Nur irgendwie passierte nichts.

„Dummheit brennt nicht", sagte sie als es einfach nicht anfangen wollte zu brennen und Ich schaute zu ihr rüber und plötzlich fingen wir beide an laut los zulachen.

„Weißt du, ich habe eine Idee für einen Namen für diese Bank", sagte Marie. „Das ist ab heute die Dummheit-brennt-nicht-Bank. Was sagst du dazu?"

„Wirklich fantastisch." Ich schaute sie an, dann lachten wir beide weiter. Und in diesem Moment fragte ich mich, warum das Leben nicht immer so ist. Und warum man nicht immer lacht, statt zu weinen.

Kapitel 3
Wohin verschwinden Träume wenn wir aufwachen?

Nachdem ich wieder auf meinem Zimmer war, legte ich mich auf mein Bett und holte mein Handy hervor. Ich hatte Marie angelogen. Das letzte Mal, dass ich ihm geschrieben hatte, war eine Woche nach dem Streit. Er hatte mir nie geantwortet. Seit dem hatte ich es nie wieder probiert. Ich hatte die Hoffnung aufgegeben.
Bis jetzt.
Ich muss mich überwinden ihm zu schreiben.
Und jetzt tat ich es.

Hey Taylor, können wir reden?

Ich legte mein Handy zur Seite und kuschelte mich in meine frisch gewaschene und neubezogene Bettdecke, um an die Decke und anschließend, aus dem Fenster zu dem Mond zu schauen, der durch mein Fenster zusehen war.
So sehr ich es auch versuchte, aber ich konnte einfach nicht einschlafen. Zu sehr kreisten meine Gedanken.

Um das Leben. Um meine Familie. Um Taylor.

Ich wälzte mich in meinem Bett hin und her, versuchte es rechts, versuchte es links, auf dem Bauch und anschließend erneut auf dem Rücken, und dann ertönte plötzlich ein leises Bing aus meinem I Phone, das auf meinem weißen Nachttisch lag. Sofort griff ich mit meiner rechten Hand zu meinem Nachttisch, um mir mein Handy zu nehmen und beim entsperren des Bildschirmes konnte ich Taylors Namen auf dem Display lesen. Ich öffnete den Chat und begann sofort an zu zittern. So aufgeregt war ich.

Was willst du?

Ich denke, dass wir miteinander sprechen müssen.

Lass es doch einfach gut sein.
Es gibt nichts mehr, worüber
wir sprechen müssen.

Warum bist du so kompliziert?

Das Gespräch ist beendet.

Nie kann man mit dir sprechen. Du blockst immer ab und kommst dann mit „Das Gespräch ist beendet", dabei ist es längst nicht beendet. Warum bist du nur so?

Es war weit nach Mitternacht, als ich ihm die letzte Nachricht schrieb. Es kam keine Antwort mehr und ich denke auch nicht das morgen eine kommt. Oder übermorgen. Oder nächste Woche. Oder in einem Monat. Es wird nie mehr eine Antwort kommen.

Kapitel 4
Essen und alles ist gut, sagen sie

Ich bin ein Mensch, der sehr stark an Verschwörungstheorien glaubt und diese liebt. Das hier ist meine liebste:

Ich glaube wenn ein Mensch stirbt, dann stirbt er nicht weil er Krank ist oder weil er einsam ist oder weil er das Alter hat, sondern, weil in diesem Moment irgendwo auf der Erde ein Kind geboren wird. Das Schicksal entscheidet wem es trifft und wer gehen muss um Platz für das neue Wesen zu machen. Genauso ist es mit Beziehungen. Wenn sich ein Paar trennt, kommt irgendwo auf der Welt ein neues Paar zusammen. Es muss so sein, denn um etwas neues entstehen zu lassen, muss das Alte erst fort sein. Deshalb sollte man eine Trennung und auch den Tod, als etwas Schönes betrachten. Denn so entsteht neues. So entsteht Leben. Und genau deshalb habe ich nicht länger Angst davor zu sterben.

„Skyler, kommst du mit? Ich möchte dich gern wiegen", sagte meine Therapeutin zu mir und riss mich aus meinen tiefsten Gedanken und Spekula-

Tionen über das Leben, und das was danach auch immer kommen mag.

Mit einem Klemmbrett in der Hand stand sie in meiner Tür und musterte mich mit ihren Eis-blauen Augen, um mir damit zu signalisieren, dass es keine Frage war. Das ich mitgehen muss. Ihr Gesicht wurde ernster. Wiederwillig und nicht grad begeistert stand ich auf und folgte ihr ins Nebenzimmer.

„Einmal bitte auf die Waage", sagte sie und zeigte auf die kleine vier eckige Digitalwaage in der Ecke des Zimmers.

Ich zog meine Schuhe aus, stellte mich drauf und musste feststellen, dass es wieder fast ein Kilogramm weniger war, als noch vor letzter Woche. Skeptisch schaute meine Therapeutin auf das Ergebnis.

„O Gott, Skyler!", sagte sie mit einem bösen und zugleich besorgten Tonfall und holte tief Luft. Man konnte merken, wie verzweifelt sie war.

„Skyler, du musst ganz dringend zunehmen."

Sie schaute an meinem mageren und aus-gehungerten Körper hinab und fixierte ihren Blick auf meine Hüfte. Selbst durch die schwarze Jeans konnte man meine Knochen sehen und irgendwie machte mich das an. Ich weiß, das klingt komisch, aber in diesem Moment war es so.

„Wie weit soll es noch kommen? Du hast doch schon ein Sauerstoffgerät. Willst du wirklich noch eine Sonde haben?" Sie stemmte ihre Arme in die Hüfte und schaute ratlos zu Boden.

„Denkt ihr wirklich alle, wenn ich zunehme geht es mir automatisch besser?", sagte ich und schaute sie an.

„Ich war schon mal im Normalgewicht und mir ging es genauso dreckig wie jetzt auch", schrie ich sie wütend an und ging von der Waage hinunter.

„Nein, Skyler, aber du bist dann wenigstens nicht mehr in Lebensgefahr."

Das letztere schockte mich irgendwie und auf der anderen Seite war es mir auch komplett egal.

„Ist mir egal", sagte ich stur. „Ist mir alles egal. Auch mit mehr Gewicht geht es mir schlecht. Warum sieht das denn keiner?"

Wütend griff ich nach meinen Schuhen, zog sie im weitergehen an, beziehungsweise versuchte es, scheiterte aber und nahm sie daraufhin einfach in die Hand und schnürte mein Sauerstoffgerät an meine Nase.

„Skyler, warte", rief sie hinter mir her, aber es war zu spät. Ich stampfte schon davon.

Ich ging auf mein Krankenhauszimmer zu, was am anderen Ende des Flures der Etage lag, riss die Tür auf, zog mir meine Jacke an und rannte nach draußen.

Ihr fragt euch mit Sicherheit, wie es hierzu gekommen ist, nicht wahr? Nun gut ich werde so gut
sein und es euch erzählen.

Kapitel 5
Bevor alles eskalierte

Nachdem wir damals, sprich vor einem ganzen halben Jahr von der Polizeiwache heim gekommen waren, habe ich versucht Taylor zu erreichen. Ich wollte, dass er mir glaubt. Ich habe ihn unzählige Male angerufen, aber er nahm nie ab oder wollte einfach nicht mit mir sprechen. Wahrscheinlich drückte er mich einfach die meiste Zeit weg.

Ich habe es so oft versucht und wollte die Sache einfach nur richtig stellen, aber auch wenige Tage danach hab ich ihn nicht erreicht. Ich habe es zu oft probiert, immer und immer wieder, Tag und Nacht, aber nie hat es funktioniert. Und wenn er dann doch mal rangegangen war, was nicht mehr als zwei Mal vorkam, dann hat er sofort abgeblockt und mich beschimpft. Hat alles auch mich gemünzt. Hat mich dargestellt, als sei ich eine Lügnerin. Als wäre ich allein an allem Schuld. Irgendwann hab ich schließlich aufgegeben.

Ich aß immer weniger, war die meiste Zeit Zuhause, außer natürlich nicht, wenn ich meine Sozialstunden absolvieren musste. 150 Stück hatte ich aufgebrummt bekommen und das für etwas, das ich nicht angerichtet hatte. Alles nur dank John und niemand, wirklich niemand wollte mir glauben. Noch nicht einmal meine eigenen Eltern. Der einzige, der mir glauben schenkte, war mein Bruder Robin. Er wusste, dass ich sowas nie tun würde und stand mir bei. Doch auch das konnte meine Eltern nicht überzeugen. Sie hielten mich für eine Schlampe. Sie hielten ihre eigene Tochter für eine Schlampe.

So ging es immer weiter Berg ab, bis ich irgendwann das Basketball spielen aufgeben musste. Ich hatte dafür einfach keine Kraft und Energie mehr. Auch in der Buchhandlung arbeitete ich immer weniger Stunden, bis ich irgendwann meinen Aushilfs-Job an den Nagel hängen musste.

Robin hingegen konnte nach seiner OP wieder perfekt Basketball spielen, als wäre da nie etwas gewesen. Meine Eltern bekamen schnell mit, dass mit mir etwas nicht stimmte, aber taten auch nichts dagegen, dass es wieder besser lief. Das einzige was sie hätten tun können, wäre mir zu glauben. Ihrer Tochter. Aber das taten sie nicht.

Ich leistete nach und nach meine Stunden in einem Altenheim ab und wurde dabei immer schwächer. Und mit der Schwäche kam auch der enorme Gewichtsverlust. Es dauerte nicht lang, bis auch meine Periode aussetzte. Ich wusste ja, dass es dazu kommen würde, wenn ich nicht wieder richtig essen würde, aber ich konnte den Schalter in meinem Kopf nicht mehr umlegen.

Ich wusste, was auf mich zu kam, weil ich es schon einmal erlebt hatte, es aber trotzdem zuließ. Und so wurde ich von einem Tag zum andern immer dünner, verlor immer noch mehr Kilos, bis meine Eltern mich schließlich dazu brachten, in eine Klinik zugehen. Da ich mittlerweile 19 Jahre alt bin, konnten sie mich nicht gegen meinen Willen einweisen, aber da ich der Sache eine Chance geben wollte, brachten wir mich zwei Tage später nachdem sie mir das mit der Klinik gesagt hatten, in das Saint Grace Hospiz hier in Amsterdam. Das ist jetzt mittlerweile zwei Monate her. Und statt das ich in diesen zwei Monaten zugenommen habe, habe ich das Gegenteil erreicht. Ich habe noch weitere Kilos abgenommen. Und wäre das nicht schon genug, habe ich, da ich selbstständig nicht mehr so gut Luft bekomme, ein Sauerstoff-gerät bekommen. Und jetzt bin ich hier. Mit fast einer Magensonde am Hals (oder wohl eher im Magen).

Kapitel 6

Das kommt unerwartet

Ein paar Straßen weiter lag der Hauptbahnhof an dem ich auf eine Straßenbahn wartete. Ich wusste nicht wohin ich wollte. Für den Moment wollte ich nur weg von hier.

Es war ein kalter Abend und das, obwohl wir schon Ende April hatten. Der Frühsommer schien wohl noch auf sich zu warten.

Nach zehn Minuten kam eine Straßenbahn in Richtung Innenstadt. Wenn ich doch schon bald sterbe, dann will ich wenigstens vorher noch etwas erlebt haben.

Ich stieg in die Bahn ein und sah die Gesichter der Menschen, die mich auf eine Art besorgt anschauten, wie es sonst nur die Ärzte und meine Eltern taten. So wie man jemanden eben anschaut, wenn er wortwörtlich ausschaut, wie fast tot.

„Mama, was hat sie da an der Nase?", fragte ein kleines Mädchen und zeigte auf mein Sauerstoffgerät, das an meiner Nase befestigt war. Ich schaute zu ihr hinüber.

„Das ist mein Sauerstoffgerät", sagte ich und bückte mich ein Stück zu ihr nach unten.

„Dadurch bekomme ich besser Luft." Ich lächelte das Mädchen, das nicht älter war als sechs Jahre, an und merkte dabei garnicht, dass mich wer anders dabei beobachtete. Ich schaute nun nach vorn und bekam in diesem Augenblick einen minimalen Schock und für einen Moment dachte ich, dass mein Herz stehen bleibt.

„Skyler", sagte die Person und schaute mich an.

Ich bekam erst kein einziges Wort heraus, so schockiert und überrascht zugleich war ich. Dann gelang es mir aber irgendwie doch, etwas hervor zu bringen.

„Taylor", sagte ich und schaute ihn perplex an. Er scannte mich komplett ab. Meinen knochigen Körper, meine dünnen, fast stelzen artigen Beine, bis hin zu meinem Sauerstoffgerät in der Nase.

Für einen Moment blieb ich stehen, doch dann ging ich weiter und gerade, als ich mich auf einen leeren Platz auf der rechten Seite hinsetzten wollte, brach mein Kreislauf zusammen. Ich fiel zu Boden. Das Atmen viel mir schwer. Meine Beine waren wie beton. Meine Augenlieder flackerten. Alles drehte sich. Plötzlich lag ich da und konnte überhaupt nichts mehr machen. Nicht mal mehr etwas sagen.

„Fuck, Skyler", schrie jemand und ich wusste, dass es Taylor war. Ich wusste es einfach.

Er stand auf und wollte mir helfen, doch das gelang ihm nicht.

Er zog sein Handy aus seiner Hosentasche und rief einen Krankenwagen. Die weiteren Fahrgäste schauten zu uns. Das kleine Mädchen von eben sah nun weniger neugierig und mehr ängstlich und zurückhaltend aus.

„Keine Sorge, sie wird wieder", sagte Taylor und schaute das Mädchen an. Er hielt mich in seinen Armen. Das spürte ich.

Keine fünf Minuten später war der Notarzt vor Ort. Einer der drei Rettungskräfte sah mein Krankenhaus Armband, was an meinem rechten Handgelenk befestigt war und schaute zu den anderen.

„Sie ist Patientin im Saint Grace Hospiz", sagte er und verwies auf mein Armband.

„Dann bringen wir sie dort wieder hin."

Der eine Rettungspfleger schaute auf meinen dürren und kraftlosen abgemagerten Körper hinab.

„Sieht nicht gesund aus, die Kleine." Er schaute betrübt zu den anderen.

„Kennst du sie?", fragte der Rettungspfleger und schaute Taylor an.

„Ja, ich kenne sie."

„Fährst du mit?"

„Ja, dann kann ich versuchen jemanden aus ihrer Familie zu erreichen."

Sie brachten mich in den Krankenwagen und da kam ich langsam wieder zu mir und ich merkte, dass Taylor bei mir war.

Kapitel 7
Dieses Video rettet mich

Im Krankenhaus kam ich langsam wieder zu mir und bekam mit wie sich mein Bruder Robin, der so schnell er konnte hier her gekommen war, sich mit Taylor unterhielt. Ich tat weiterhin so, als würde ich noch schlafen, so dass ich ihr Gespräch mit verfolgen konnte.

„Vorgestern ist ein Video aufgetaucht", hörte ich Robin mit ernster Stimme sagen und ich fragte mich sofort was das für ein Video war und warum er mir davon nichts gesagt hatte.

„Was für ein Video?" Taylor schaute fragend zu ihm rüber und nicht nur er fragte sich in diesem Moment, über was für ein Video er da sprach.

„Ein Video von Skyler und John."

Ich zuckte zusammen.

„Auf dem Video schlägt er Skyler", sagte er, holte tief Luft und ballte dabei seine Hände zu Fäusten. „und vergewaltigt sie anschließend."

In diesem Moment viel ein so gewaltiger Druck von mir ab. Endlich gab es Beweise.

„Es stimmt also?" Taylor schaute abwechselnd zu mir und dann wieder zu Robin und schließlich wieder zu mir.

„Er hat sie wirklich vergewaltigt."

„Skyler hat nie gelogen, Taylor", sagte Robin und schaute mit ernstem Gesichtsausdruck zu mir hinüber. „Aber du hast an ihr gezweifelt und jetzt siehst du ja, wohin das geführt hat."

In diesem Moment rappelte ich mich auf um den Jungs zu zeigen, dass ich wach war.

„Was für ein Video?", fragte ich und schaute beide an.

„Die Kameras in der Umkleidekabine", sagte Robin und holte aus seiner Hosentasche sein Handy hervor. „Sie sind da nur aus Sicherheitsgründen und werden in der Regel nicht kontrolliert. Wegen der Privatsphäre und so. Doch die Polizei hat Anspruch darauf gestellt."

„Und jetzt kennen sie die Wahrheit?"

„Ja… willst du das Video sehen?"

„Nein, ich möchte diesen Moment nicht noch einmal erleben", sagte ich und zog meine Bettdecke bis hoch zu meinem Kinn.

„Verstehe."

Einen Moment lang sagte niemand etwas. Absolute Stille.

„Es tut mir leid, Skyler." Taylor schaute mich an, bis plötzlich die Tür aufgerissen wurde und meine Eltern samt meiner Therapeutin in den Raum gestürmt kamen. Jetzt schauten wir alle meine

Eltern an.

„Taylor was machst du hier?", fragte mein Vater

Total überrascht Taylor hier vorzufinden und musterte ihn von oben bis unten.

„Dank des jungen Herren ist ihrer Tochter nichts schlimmeres wiederfahren", sprach die Ärztin dazwischen und lächelte um die Stimmung zu lockern.

Mein Vater wurde lauter und begann zu schreien.

„Ach ich bitte sie, dank ihm ist es doch erst dazu gekommen. Sehen sie sich doch mal meine Tochter an. Sie wird sterben."

Das Lächeln der Ärztin verschwand.

Robin nahm mich in Schutz und prustete munter drauf los. „Denkst ihr echt, dass ihr keine Schuld daran habt?", sagte er und schaute ernst zu unseren Eltern. „Bis vor zwei Tagen habt ihr, ihr selbst ja nicht einmal geglaubt und dachtet, dass sie verrückt geworden sei."

„Darf ich auch mal bitte was dazu sagen", sagte, wohl eher schrie ich schon fast und plötzlich wurde es mit einem Mal ganz still im Raum und alle schauten mich an.

„Ich möchte mit Taylor sprechen."

Erwartungsvoll starrten sie mich an und musterten mich. „Allein", ergänzte ich und wartete darauf, dass alle mein Zimmer verließen.

Der letzte war verschwunden und machte die Tür hinter sich zu. Nun waren wir allein.

„Skyler, es tut mir leid."

„Fällt dir ja früh ein", sagte ich und setzte mich auf und drückte ein kleines Kissen gegen meinen Oberkörper.

„Ich habe dir erzählt, was meine Ex getan hat. Sie hat mich betrogen mit einem anderen. Mit einem der besser war als ich. Ich hatte einfach nur Angst, dass sich das alles wiederholt."

„Du hättest mir vertrauen können, Taylor." In meinen Augen bildeten sich Tränen. „Ich liebe doch nur dich." Eine Träne lief aus meinem Auge. „Immer noch."

„Ich empfinde genauso für dich und das weißt du auch. Ich habe nie aufgehört damit." Seine Stimme wurde ruhiger. „Aber das mit uns hat auf Dauer keine Zukunft und es würde nicht funktionieren."

„Wie meinst du das denn jetzt? Ich wünsche mir nichts mehr, als das wir zusammen sein können." In diesem Moment nahm er meine Hand.

„Ich weiß das, aber es würde nicht funktionieren. Du siehst ja, wohin das alles geführt hat."

„Und was ist mit deinen Gefühlen? Vielleicht solltest du eher auf sie hören, als wie auf deinen Verstand."

„Nein, Skyler. Ich habe nur Gefühle für dich und das weißt du genauso gut, wie ich auch, aber ich werde niemals eine normale Beziehung führen können. Niemals, verstehst du."

„Nein ich verstehe nicht. Vor der Sache mit John hat es doch auch funktioniert."

„Ja, aber du siehst ja wie gut das funktioniert hat. Hör auf immer in jedem Menschen etwas Gutes zu sehen. Besonders in mir."

„Meinst du nicht, dass wir es doch schaffen würden? Mir wäre auch eine nicht normale Beziehung recht."

„Das würde dir nicht gut tun."

„Du hast Recht, es hat eh alles keinen Sinn. Ich bin hier Stationär im Krankenhaus. Du siehst ja wie ich aussehe. Die Ärzte sagen wenn ich so weiter mache, bin ich in spätestens drei Wochen tot", sagte ich und holte tief Luft. „Also eigentlich hast du recht. Es würde keinen Sinn machen mit uns. Vielleicht solltest du dir wirklich jemanden suchen, der eine höhere Lebenserwartung hat, als wie ich."

„Okay, Okay."

„Was Okay?"

„Du redest totalen Unsinn, weißt du das eigentlich? Wir werden es versuchen, denn auch wenn es nur noch drei Wochen sind, verbringe ich

sie lieber mit dir als mit sonst mit sonst wem."
Er kam auf mich zu und küsste mich. Und es war
nach langem der schönste und wärmste Kuss, den
 ich hatte.
„Aber ich kann dir nichts versprechen, Okay?"
„Okay."

Kapitel 8
Habt ihr mich vermisst?

Am nächsten Tag wurde ich wieder auf die Station für psychische Erkrankungen gebracht. Den genauen Grund, warum ich am Vortag umgekippt war, konnten mir die Ärzte nicht sagen, sie sahen aber in Erwegung, das meine niedrige Kalorienzufuhr Auslöser dessen war.

Es war früh am Morgen, als ich wieder auf mein Zimmer kam und das Einzige woran ich dachte, war Taylor. Meine Mutter und Robin betraten mein Zimmer und setzten sich an mein Bett.

„Morgen ist der Abschlussball", sagte Robin und schaute betrübt zu Boden.

„Ich werde trotzdem mitkommen." Ich versuchte ihm ein Lächeln zu entlocken. „Auch wenn ich die Klasse wiederholen muss und dieses Jahr nicht meinen Abschluss mache, werde ich es mir doch nicht entgehen lassen mit euch zu feiern. Ich komme auf jeden Fall mit."

Meine Mutter schaute uns beide an und lächelte.

„Aber ich hab ja gar kein Kleid", sagte ich und sprang auf.

„Ich werde eins finden. Ich kenne ja deinen Geschmack."

Da ich leider nicht mehr selbst in die Stadt Fahren darf, da ich dafür von den Ärzten, insbesondere von dem Oberarzt eine Freistellung brauche und diese nur in wirklichen Ausnahmefällen bekomme, musste Robin diesen Part für mich übernehmen.

Nach drei Stunden war Robin zusammen mit meiner Mutter und einer großen Tüte wieder bei mir im Krankenhaus. Stolz überreichte er mir seine Auswahl an Kleidern, die er für mich ausgesucht hatte. Ich schaute in die Tüte hinein und das erste Kleid, was ich erblickte, war ein glitzerndes blaues kurzes Kleid. Ich zog es komplett heraus und betrachtete es skeptisch.
„Also es ist ja schon ganz schön, aber-"
Robin unterbrach mich. „Aber es gefällt dir nicht?"
„Es ist schön, aber nicht ganz so meine Vorstellung." Ich schaute verlegen zu Boden.
„Gut, dass ich noch ein weiteres mitgenommen habe." Auf Robins Gesicht bildete sich ein breites Grinsen.
Ich zog aus der Tasche ein weiteres Kleid hervor und dieses Mal war es ein wunderschönes dunkelrotes Kleid mit Spitze an den armen und kleinen schnürkeln. Ich kam aus dem staunen garnicht mehr heraus.
„Wow es ist wunderschön." Voller Freude stürzte

ich mich um seinen Hals. „Du bist der beste."

„Ich weiß", sagte er bescheiden und setzte sein Ich-weiß-das-ich-der-beste-Bruder-auf-der-ganzen-Welt-bin-Blick auf.

„Das Kleid ist wirklich wundervoll." Ich verstummte kurz. „Nur eine Begleitung habe ich nicht." Ich ließ den Kopf sinken.

„Aber du hast mich. Wir können zusammen hin gehen."

„Das ist wirklich sehr lieb, aber das ist irgendwie nicht das Selbe, weißt du."

„Ich weiß, aber lass uns einfach das Beste daraus machen."

Nachdem meine Mutter und Robin wieder gegangen waren, aß ich nach sehr langer Zeit wieder etwas. Es war zwar nur ein sehr kalorienarmes Abendessen, aber in meinem Fall war es besser als garnichts.

Ich zog mir einen Beigen Oversizes Pullover über und machte mich dann mit samt meinem Handy und Sauerstoffgerät auf den Weg zum Gemeinschaftsraum. Dort sah ich Marie sitzen und setzte mich zu ihr.

„Hey, alles gut bei dir?", fragte ich sie.

„Joa es geht, könnte besser sein und dir?"

„Gut, Danke. Was ist los, willst du darüber sprechen?"

„Meine klasse fährt nach den Sommerferien auf Klassenfahrt", sagte sie und seufzte dabei einmal laut. „Ich war noch nie auf einer und habe deswegen ein bisschen Angst."

„Klassenfahrten sind cool, du brauchst keine Angst haben." Ich schaute einmal quer durch den Raum. „Wir waren damals mal in Alabama auf Klassenfahrt. Das war echt cool. Und wow es ist schon echt lange her." Ich schaute zu Boden. „An meiner Abschlussfahrt in der 10. zum Beispiel konnte ich nicht teilnehmen."

„Warum das?"

„Zu niedriges Gewicht, nicht stabil genug. Das wäre nicht so gut für mich ausgegangen."

„Das ist scheiße... Ich geh eine rauchen. Kommst du mit?"

Ich nickte ihr zu, dann gingen wir.

Kapitel 9
Der Tag, der Tage

Heute war es soweit. Der große Abschlussball stand bevor. Allerdings nicht mein eigener, da ich zu viele Fehlzeiten habe und deswegen die Stufe wiederholen muss. Aber da mein großer Bruder heute seinen Abschluss bekam, wurde ich an diesem Tag von der Klinik befreit. Also teilweise zumindest und ich sah nach langem endlich mal wieder mehr, als wie den Bahnhof und dem angrenzenden Park, der in der Nähe der Klinik lag, abgesehen von dem Klinikgebäude selbst natürlich.

Nach dem aufstehen zog ich mir eine Schwarze Skinny Jeans und eine Dunkel grüne Bluse an. Dazu zog ich dann meine weißen Reeboks an, die wirklich die gemütlichsten Treter auf der ganzen Welt waren und machte noch schnell meine Haare ein wenig zurecht. Zum Schluss schminkte ich mich und setzte meine silberne fake Brille auf. Ja, In der Tat wirkt man dadurch deutlich intelligenter. Dann verließ ich mein Zimmer und ging in die Cafeteria. Dort holte ich mir einen Himbeer-Smoothie und setzte mich an einen der vielen kleinen Tische, abseits von unserem Gruppentisch. Die ersten Minuten verbrachte ich dort allein, doch nach kurzer Zeit setzte sich eine Pflegerin zu mir und leistete mir, solang ich auf meine Familie wartete, Gesellschaft bei meinem Frühstück, was nicht unbedingt sättigend war.

„Skyler, du solltest etwas richtiges essen", lies die Pflegerin nach ein paar Minuten verlauten und fixierte mit ihren dunkelbraunen Augen das Smoothie-Behältnis.

„Das ist richtiges essen", erwiederte ich und zuckte mit meiner zierlichen Schulter. „Nur halt eben in flüssig und püriert."

„So nimmst du nur noch weiter ab", sagte sie und klang dabei verzweifelt und mit ihrer Geduld fast schon am Ende.

„Ist es nicht das, was wir alle wollen? Dünner sein, als der jeweils andere? Geht es nicht genau darum?" Ich verdrehte meine Augen. Mir war bewusst dass es nicht darum ging, aber alles worüber sich die Ärzte hier Gedanken machten, war nun Mal das Gewicht.

Verdammt nochmal, das Gewicht ist nur das Symptom. Warum versteht das denn keiner.

„Es ist doch nur zu deinem besten. Schau dich an, du bist ein wandelndes Skelett." Sie scannte meinen Körper ab und nahm meine Hand. „Wir wollen dir alle nur helfen."

„Es bringt aber nichts." Ich sah meine Eltern und Robin den Eingang der Cafeteria betreten.

„Da vorne sind meine Eltern. Ich muss los." Ich zog meine Hand weg, sprang auf und rannte meiner Familie in die Arme. In weitester Ferne das mit dem rennen auch funktionierte.

„Hallöchen", rief ich ihnen entgegen.

„Oh, du bist ja schon fertig", sagte Robin total überrascht über die Tatsache, dass ich schon fertig war und nicht wie er vielleicht vermutete, Stunden damit verbrachte, mich fertig zu machen.

„Dann können wir ja los, oder?"

Meine Eltern vergewisserten sich noch schnell bei den Ärzten und Pflegern, dass es auch wirklich ok war, dass ich mit ihnen mitfuhr. Nicht jeder war dafür, aber auch nicht jeder war dagegen. Der Oberarzt legte schließlich ein gutes Wort ein und erlaubte mir mitzufahren. Sie hätten mich eh nicht zwingen können dort zu bleiben.

Wir stiegen alle in das schwarze Auto, das geparkt vor dem Hospiz stand ein und fuhren dann los zu unserer Schule.

„Skyler, uns tut es wirklich leid", faselte mein Vater vorne am Steuer vor sich hin.

„Was tut dir leid, Dad?"

„Das wir dir nicht geglaubt haben."

„Es ist okay, man kann es jetzt sowieso nicht mehr

rückgängig machen."

„Wir sind deine Eltern", sagte meine Mutter und wirkte dabei ziemlich eingeknickt. „Wir hätten dir glauben müssen. Es tut uns so leid."

An ihrer Stimmlage merkte ich, dass es ihnen wirklich leid tat. Also entschied ich mich ihnen zu verzeihen. Es waren schließlich meine Eltern.

„Mom, Dad es ist ok, lasst uns das einfach vergessen."

„Was ist jetzt eigentlich mit dir und Taylor?", fragte Robin neugierig, während er etwas in sein Handy tippte.

„Ich weiß es nicht genau. Er meinte, dass wir es nochmal probieren. Ich hätte mich gefreut wenn er heute mitgekommen wäre, aber naja, er ist ja nicht hier. Ich habe auch nichts anderes erwartet, um ehrlich zu sein."

„Hast du ihn den garnicht gefragt, dich zu begleiten?"

„Nein, ich habe mich nicht getraut. Ich habe Angst, dass er mich wieder enttäuscht."

„Das wird er so oder so, Schwesterherz."

„Denkst du, dass es ein Fehler war? Ihm zu verzeihen, meine ich?"

„Wir machen alle an dauernd Fehler in unserem Leben und die meisten machen uns zu dem, was wir sind. Ich glaube kein Fehler ist wirklich ein

Fehler."

„Das nicht, aber es ist nun mal Taylor und ich liebe Ihn. Es wäre schön wenn er mich begleiten würde."

„Kann ich nachvollziehen, aber dafür hast du ja die Ehre mit deinem mega gut aussehendem Bruder zugehen." Er versuchte mir ein Lächeln zu entlocken und tippte dabei weiter an seinem Handy.

Ich schaute stumm aus dem Fenster und beobachtete die Natur, an der wir vorbei fuhren.

„Taylor ist ein Arschloch, weißt du das eigentlich?" Er unterbrach die Stille.

„Ja, aber ein verdammt gut aussehendes Arschloch." Wir fingen beide an zu Lachen.

Nachdem in der Schule eine große Zeremonie abgehalten wurde und jeder sein Zeugnis erhalten und anschließend ein Glas Sekt entgegen genommen hatte, gingen wir mit unserer Familie brunchen, was um ehrlich zu sein für mich eine komplette Katastrophe war. Und es war ja nicht nur das. Robins ganze Klasse plus die ganzen Eltern, meine damalige Klasse plus Eltern und Lehrer gingen auch dort hin. Sie machten das so zusagen, als letzte gemeinsame Klassenaktion und das bereitete mir extrem Angst.

Mir viel es schon schwer in der Öffentlichkeit zu

essen und dann auch noch vor so vielen Menschen auf einmal, die ich kannte? Und wenn ich dann auch noch ein Stück Kuchen esse, dann müssen die ja denken, dass ich total verfressen und fett bin. Das darf ich auf gar keinen Fall zu lassen.

Dort angekommen gab es gleich die nächste Hürde für mich, die in mir Angst auslöste.

Es gab ein riesen großes Buffet mit allem was das Herz begehrte. Sogar Schoko-Crossoints und vegane Pancakes waren aufgestischt.

Und alles was ich aß war Obst und Gemüse. Kaum Kohlenhydrate und besonders kein Fett. Ich war neidisch auf die, die essen konnten was sie wollten, ohne ein schlechtes Gewissen zu bekommen. Zum Nachtisch gab es riesige Torten und Kuchen. Es war alles dabei. Von Zitronen-kuchen bis hin zur Buttercremetorte. Sogar meine Lieblingstorte war dabei. Schoko-Sahne-Torte mit geraspelter weißer- und dunkler Schokolade. Gott war ich neidisch.

Als wir gegen frühen Nachmittag mich zurück zur Klinik fuhren, fühlte ich mich echt schlecht. Ich war enttäuscht, dass ich meinen Schweinehund nicht überwunden hatte. Es war ein verdammter Teufelskreis und es wurde mit jedem weiteren Tag immer schlimmer.

In meinem Zimmer angekommen machte ich mich für die Party fertig, die am Abend in der Schule stattfand. Ich blickte in den Spiegel und sah mich an und zum ersten Mal seit langem bekam ich einen kleinen Schock. Ich sah nicht mehr aus wie ein Mensch. Ich spürte meine Knochen überall und nicht nur das, ich sah sie auch überall. Kein Junge würde mich so jemals anfassen wollen.

Ich ging rüber zu meinem Bett und ließ mich darauf fallen. Warum war alles bloß so kompliziert. Und im selben Atemzug kam mir auch gleich die Antwort. *Weil wir es uns kompliziert machen. Immer und immer wieder.*

Gegen 19:00 Uhr holten mich meine Eltern inklusive Robin mit dem Auto ab. Ich wartete draußen auf sie, bis ich unser schwarzes Auto vor fahren sah. Robin stieg aus und schaute mich an.

„Du siehst wunderschön aus", sagte er und lächelte mich an.

„Danke, du siehst aber auch nicht schlecht aus. So lernst du bestimmt heute Abend ein paar hübsche Mädchen kennen", sagte ich und zwinkerte ihm zu.

„Na das sehen wir mal. Komm wir steigen ein."

Wir setzten uns in das Auto und fuhren los. Keine zehn Minuten später waren wir bei unserer Schule angekommen.

„Passt auf euch auf und habt ganz viel Spaß. Wir holen euch später wieder ab."

„Werden wir haben."

„Und wenn etwas ist, dann könnt ihr jeder Zeit anrufen", vergewisserte sich unser Dad, das es wirklich ok war, wenn wir anrufen, egal welche Uhrzeit es war.

„Uns passiert schon nichts."

Und dann waren sie auch schon wieder weg.

Wir betraten das Schulgebäude, was festlich dekoriert war und begrüßten ein paar Freunde von uns. Die Musik, die lief war auch echt super und lud zum mittanzen ein. Nur war mir überhaupt nicht nach Tanzen und Feiern zu mute. Nach noch nicht mal als zu langer Zeit setzte ich mich an den Rand und schaute lieber den Leuten beim Feiern und Tanzen zu, als es selbst zu tun. Verlegen schaute ich auf mein Handy und in diesem Moment fühlte ich mich unfassbar allein und einsam. Viele die hier waren hatten ein Date oder zumindest etwas in der Art. Ich nicht. Ich saß allein am Rand und war am Handy, bei der Abschlussfeier meines Bruders. Konnte es schlimmer sein? Komplett vertieft in mein Handy bekam ich kaum etwas mit, bis ich plötzlich, trotz der lauten Musik, Robins Stimme hörte, die immer näher kam.

„Du warst ein ganz schönes Arschloch, weißt du das eigentlich?", hörte ich ihn sagen und das nicht offensichtlich zu ihm selbst.

Ich fragte mich mit wem er da sprach, also schaute ich auf und erblickte plötzlich Taylor. Er stand da, in einem schwarzen Anzug und er sah so verdammt gut aus. Ich zuckte zusammen, denn die Musik die grad lief ging aus und dafür ertönte jetzt die Anfangsmelodie von *Someone You Loved von Lewis Capaldi.*

Dieser Song. Dieser. Verdammte. Song.

Ich stand auf und ging Taylor entgegen. Auch er kam mir entgegen, bis wir uns in der Mitte trafen. Tränen bildeten sich in meinen Augen, aber er wischte sie mit seiner warmen Hand weg.

„Es tut mir leid, Skyler. Alles was ich getan hab."

Wir schauten uns gegenseitig in die Augen.

„Ich hätte dir glauben müssen. Es ist alles meine Schuld."

„Es ist okay."

Er nahm meine Hände in seine.

„Möchtest du tanzen?"

„Nichts lieber als das."

Und schon wurde die Nacht von einer der schrecklichsten Nächte, zu einer der schönsten Nächte in meinem Leben. Es war wunderschön.

Kapitel 10

Sie entscheiden, aber nicht ohne mich

Ohne Vorwarnung wurde plötzlich die Tür meines Zimmers aufgerissen und der Oberarzt kam mitsamt meinen Eltern, in mein Zimmer gestürmt.

„Guten Morgen, Skyler", sagte der Oberarzt und schaute einmal durch den Raum und dann zu mir. „Schön, dass Sie schon wach sind."

Ich setzte mich in meinem Bett auf und schaute Sie verdutzt an. „Wie wäre es nächstes Mal mit anklopfen?"

„Sei nicht so unfreundlich, Skyler", ermahnte mich mein Vater und schaute mich streng und zugleich besorgt an.

„Alles gut, kein Problem", sagte der Oberarzt und machte eine Handbewegung, als würde er etwas wegwerfen wollen. „Ich erlebe sowas öfter." Er schmunzelte. „Wir müssen mit Ihnen sprechen, Mrs. Johnson." In dem Augenblick verschwand sein Schmunzeln und die drei schauten mich ernst an.

„Ich habe bereits mit ihren Eltern gesprochen und wir halten es für sinnvoll, Ihnen eine Magensonde einzusetzen."

„Eine Sonde?", sagte ich und schaute den Oberarzt perplex und zugleich schockiert an. „Auf gar keinen Fall setzt ihr mir eine Sonde ein. Das dürft ihr garnicht." Ich sprang von meinem Bett auf.

„Es ist nur zu deinem besten, Skyler. Es ist für deine Gesundheit. Wir können das nicht weiter verantworten."

„Ohne mein Einverständnis dürft ihr das nicht." Ich verschränkte meine Arme vor meiner kaum vorhandenen Brust. „Und außerdem weiß ich noch am besten was gut für mich ist."

„Skyler", sagte der Oberarzt mit gesenkter Stimme. „Wir wollen Ihnen nichts Böses. Es soll nur zu ihrem Besten sein. Wir werden uns heute um einen richterlichen Beschluss kümmern und dann bekommen Sie morgen früh die Sonde eingesetzt."

Mir rollte eine Träne über die Wange und genau in diesem Moment wusste ich was zu tun war.

Meine Mutter streichelte mir sanft über meine Wange, doch ich schlug sie weg.

„Lass mich."

Der Oberarzt verlies mein Zimmer und gerade als die Zimmertür geschlossen war, fauchte ich meine Eltern an.

„Geht jetzt bitte."

„Skyler, wir können darüber doch nochmal sprechen. Wir finden eine Lösung, versprochen."

„Jeder verspricht mir andauernd etwas, nur keiner hält sich daran. Hört auf etwas zu versprechen, was ihr am Ende nicht halten könnt."

„Skyler, bitte."

„Nein geht jetzt", schrie ich.

Mein Vater nahm meine Mutter an die Hand und ging mit gesenkten kopf nach draußen.

Als das Türschloss zufiel, griff ich hastig nach meinem Handy und bestellte Taylor und Robin zu mir. Den Grund schrieb ich ihnen nicht. Die beiden kamen so schnell, wie sie konnten und jetzt hoffte ich einfach nur, dass keiner dazwischen platzte.

„Ist alles in Ordnung? Ist etwas passiert?"

„Ich bekomme morgen früh eine Sonde", sagte ich und musterte meine Krankenhaus-Bettwäsche.

„Aber willst du das denn auch?"

„Ja klar möchte ich das, dass mir so ein Ding eingesetzt wird und ich künstlich ernährt werde", sagte ich und rollte mit den Augen.

„Ernsthaft?"

„Natürlich nicht und deswegen seid ihr hier."

„Wie jetzt? Versteh ich nicht", ließ Robin verlauten und hob seine Arme an seinen Kopf.

„Ich muss weg von hier."

„Das ist viel zu gefährlich. Das kann keiner verantworten. Weder ich noch Taylor."

Ich wendete mich an Taylor. „Wir fahren morgen früh weg. Irgendwo hin, Hauptsache weg von hier."

„Skyler, das können wir nicht einfach machen. Was wenn dir irgendetwas passiert? Ich kann und will das nicht verantworten."

„Ich habe vielleicht nicht mehr lange Leute. Können wir das nicht wenigstens ausnutzen und uns nicht ein letztes Mal eine schöne Zeit machen?"

„Bist du dir da bewusst was du gerade eigentlich sagst? Du könntest dabei drauf gehen", sagte Taylor und schaute mich fassungslos an.

„Dann fahr ich halt allein. Daran hindern könnt ihr mich keinesfalls."

„Taylor, Sie hat Recht. Vielleicht sollten wir ihr doch helfen. Es ist vielleicht ihr letzter Wunsch. Wir müssen sie unterstützen."

„Nein, da mache ich nicht mit. Schließlich ist es meine Schuld, dass du hier bist", sagte Taylor und ging zur Tür.

„Jetzt ist keine Zeit für Schuldzuweisungen, Taylor", sagte Robin und hielt Taylor am Arm fest und riss ihn zurück nach hinten.

„Du musst für mich nachhause und meinen Reisepass holen", sagte ich und schaute Robin bittend an. „Klamotten habe ich hier genug. Ich packe nur die notwendigsten Sachen ein." Dann holte ich tief Luft und schaute die beiden Jungs an. „Morgen früh am besten noch vor 06:00 Uhr holst du Taylor ab. Dann fahrt ihr zum Krankenhaus und sammelt mich ein. Schließlich bringst du uns zum Busbahnhof. Du weißt schon, da wo die ganzen Reisebusse fahren."

Gespannt schaute ich zu ihnen. „Deal?" Ich hielt meine Hand in die Mitte des Raumes.

Die beiden Jungs schauten sich an. Robin runzelte seine Stirn, legte dann aber seine Hand auf meine. „Deal."

„Du bist total bescheuert, Skyler." Taylor schaute immer noch ein wenig skeptisch in den Raum hinein, packte aber schließlich auch seine Hand in die Mitte. „Deal."

„Und Robin."

Er schaute mich fragend an.

„Du musst mir noch einen Gefallen tun."

Er schaute gespannt zu mir.

„Du hast doch Zugang zu unserem Familienkonto. Könntest du mir ein bisschen Geld abheben?"

„Und was soll ich Mom und Dad sagen, falls sie fragen, wofür ich das ganze Geld brauchte?"

„Dir fällt bestimmt schon etwas ein. Sei kreativ."

„Wie viel brauchst du denn?" Er machte ein nicht

grad überzeugtes und begeistertes Gesicht.

„Taylor, was meinst du wie viel wir brauchen?"

„Was fragst du mich das?" Er musste lachen. „Wer will hier abhauen, du oder ich?"

„Wir beide, Taylor!" Ich verdrehte die Augen.

„Ich glaube das 900 Euro reichen und bitte überweis mir noch was auf mein Konto Für die Fahrten und so weiter."

„Du weißt, dass das Geld für deinen Führerschein und das Collage gedacht war oder?"

„Ich weiß das und überhaupt, das Collage erleb ich sowieso nicht mehr, geschweige denn meinen Abschluss." Meine Stimme senkte sich. „Ich mein schaut mich an, ich sehe aus wie ein Zombie."

„Rede nicht so einen Unsinn. Natürlich erlebst du das noch." Robin räusperte sich.

„Wo willst du eigentlich hin, Skyler?"

„Ich weiß es um ehrlich zu sein noch garnicht genau. Hauptsache noch einmal weg von hier." Ich überlegte kurz. „Vielleicht nach Hamburg, Warschau und Paris."

„Du bist verrückt, weißt du das?"

„Ich bin deine Schwester."

„Ich werde dir das Geld geben, aber du, ich mein ihr müsst versprche, dass ihr auf euch auf passt."

„Klar doch. Wir kommen heile wieder nachhause."

„Das möchte ich auch schwer hoffen." Robin

nahm mich in seine stark aussehenden und Muskelösen Arme.

„Du Bruderherz?"

„Ja?"

„Wann hast du eigentlich das letzte Mal geduscht?"

Er löste sich aus unserer Umarmung und roch unter seinen Armen.

„Es wird höchste Zeit, denke ich."

Wir fingen alle drei an zu lachen.

Kapitel 11
Amsterdam, bis dann

Am nächsten Tag setzten wir, wie geplant unseren Plan in die Tat um. Am Vorabend hatte ich bereits alles Notwendige und ich betone hier wirklich nur das Notwendige in eine kleine Reisetasche gestopft. Unter der kleinen Auswahl viel auch meine eigene Waage. Ich hatte lange zu kämpfen, ob ich sie mitnehmen soll oder nicht und mein Bewusstsein sagte mir auch, dass ich sie nicht brauchen werde, aber nach einem langen Kampf hin und her, Waage einpacken, Waage wieder auspacken und das wahrscheinlich so um die drei Mal, landete sie schließlich endgültig in meiner Tasche. *Unbedingt Notwendig.*

Noch kurz bevor die Sonne aufbrach, schlich ich mich so vorsichtig, wie es auch nur ging, aus dem Krankenhausgebäude und verstaute meine Tasche mit dem nötigsten drin, neben Taylors in den Kofferraum. Dann fuhren wir los zum Busbahnhof. Wir kamen 15 Minuten vor der Abfahrt der Linie 164 Richtung Berlin Ostbahnhof an und verstauten anschließend unsere Sachen im riesigen Gepäckraum von dem Bus und gingen dann zurück zu meinem Bruder Robin.

„Du bringst sie heile Nachhause, verstanden Standel?" Und das war keine Frage, das war eine Bedingung.

„Verstanden", antwortete Taylor, Robin.

Wir umarmten uns noch einmal ganz fest und gingen dann zu dem Kontrolleur, der unsere Fahrtickets einscannte, die ich am Abend zuvor über das Internet gebucht hatte. Wir stiegen schließlich die Treppen hinauf in den Bus, doch auf der Hälfte blieb ich stehen und drehte mich noch einmal zu meinem älteren Bruder um, der am Rand stand und sich umschaute.

„Robin?", sagte ich und schaute in seine Richtung. Er drehte sich um und schaute auch mich an.

„Kein Wort zu Mom und Dad." Ich gab ihm ein Zeichen.

„Kein Wort zu Mom und Dad, versprochen." Er tat das Selbe.

Er lächelte noch einmal und dann waren wir im Bus verschwunden.

Ab da begann unsere Reise und vielleicht ist es die letzte, die ich jemals machen werde. Aber es ist unsere. Taylors und meine.

Kapitel 12
Du schönes Berlin

Noch am selben Tag, nur knapp fünf Stunden später kamen wir in Berlin an. Wir hatten uns dazu entschieden als ersten Stopp Deutschland zu wählen und anschließend nach Polen weiter zufahren. Das war schließlich die Heimat von Taylors verstorbener Mutter. Sie hat dort seinen Vater kennengelernt und zusammen sind sie dann nach Amerika gezogen, wo Taylor auf die Welt kam. Er hat in Polen noch eine Tante, die eine kleine Familie hat und er wollte mich ihnen unbedingt vorstellen, wozu ich natürlich nicht „nein" sagen konnte. Ich wusste schließlich nicht, wann und ob ich überhaupt noch mal die Gelegenheit dazu haben werde. Er hatte sie schon Ewigkeiten nicht mehr gesehen und da freute es mich natürlich, dass ich ihm so die Chance geben konnte.

Das erste was ich tat, als wir aus dem Bus ausgestiegen waren, war zu checken ob mich in der Zwischenzeit Nachrichten erreicht hatten. Und ja, da waren eine ganze Menge an Nachrichten. Ich ignorierte sie alle, denn schließlich wollte ich, dass niemand wusste wo ich war. Und das sollte auch so bleiben. Der Einzige der etwas wusste war Robin und ich war mir ziemlich sicher, dass er mich nicht verraten würde. Er ist schließlich mein Bruder. Und Geschwister tun so etwas nicht.

Wir nahmen unsere Taschen aus dem Bus und machten uns auf dem Weg zu dem Hotel, was wir uns im Bus ausgesucht hatten. Wir blieben nur zwei Nächte hier und hatten uns deswegen ein ziemlich schönes Zimmer genommen. Als wir eingecheckt hatten und uns auf unserem Zimmer befanden, legten wir uns erst mal auf das große Bett, was mitten im Raum stand. Er lag auf der linken Seite, ich wiederum auf der rechten. Wir beide schauten an die Decke.

„Alles wäre viel einfacher, wenn es diese Krankheit nicht geben würde", sagte Taylor und unterbrach damit die Stille und ließ sein Blick zu mir rüber wandern.

„Es wiederholt sich alles einfach immer und immer wieder und es tut mit jedem weiteren mal mehr weh, verstehst du. Ich habe das Gefühl, dass ich aus diesem Teufelskreis einfach nicht mehr raus komme", sagte ich und setzte mich auf. „Danke dass du mitgekommen bist. Ich schätze das wirklich sehr."

„Du musst essen, Skyler."

„Das allein bringt garnichts." Ich holte tief Luft

und schaute in Richtung Boden hinab. „Die Krankheit ist in meinem Kopf, nicht in meinem Bauch."

„Wir schaffen das zusammen, aber dass musst du auch wirklich wollen, verstehst du? Du musst mit anpacken, sonst wird das nichts."

„Aber ich möchte nicht essen."

„Essen tötet dich nicht, Skyler. Hast du das etwa vergessen? Es lief doch schon einmal besser."

Nun rollte eine Träne über meine Wange, bis runter zu meinen Lippen. Ich schmeckte das Salz. *Ob Tränen wohl auch Kalorien haben?*

Er breitete seine Arme aus und umschlung mich.

„Wenn du wirklich sterben möchtest, dann akzeptiere ich dass, aber ich werde nicht aufgeben, wirklich niemals, dir zu helfen und ich bin mir auch ziemlich sicher, dass du eigentlich garnicht sterben möchtest." Ich fing bitterlich an zu weinen und erst dann registrierte ich, wie schlimm es eigentlich wirklich um mich stand.

„Gehen wir heute Abend essen?", fragte ich ihn ohne groß weiter über diese Frage nachzudenken.

Er löste sich aus der Umarmung und schaute mir in die Augen. Er schien überrascht von meiner Frage zu sein.

„Wenn du das möchtest, nichts lieber als das."

Nachdem wir den Nachmittag in unserem Zimmer

verbracht hatten und schließlich einen kleinen halt bei Starbucks machten, wo ich seit Monaten mal wieder einen Caramel frappuccino getrunken hatte (ok gut es war ein light frappuccino und der hatte deutlich weniger Zucker, als der andere, aber immerhin waren es flüssige Kalorien), gingen wir am Abend in ein kleines italienisches Restaurant. Wir setzten uns an einen kleinen runden Tisch am Fenster und redeten. Wir lachten an diesem Abend so viel, wie schon seit langem nicht mehr. Wir hatten uns schließlich auch eine lange Zeit nicht mehr gesehen und dementsprechend viel zu erzählen. Und nicht alles war unbedingt schlecht.

„Einmal die Speisekarte bitte", sagte ein junger Mann und reichte uns jeweils eine Karte und unterbrach uns bei unserem gekicher. Dann verließ er unseren Tisch wieder.

„Weißt du schon was du nimmst?", fragte ich Taylor.

„Oh ja eine Pizza, Ich habe so Hunger, das ist unnormal und du?"

„Ich glaube ich nehme den Salat."

„Dann können wir ja bestellen." Taylor hob seine Hand und winkte den Kellner zu uns.

„Was darf es für euch beide sein?", fragte er, als er bei unserem Tisch angekommen war.

„Ich hätte gern die vegetarische Pizza mit den Obergienen."

„Und für die Dame?"

In diesem Moment breitete sich Panik in mir aus. So sehr, dass ich nicht sprechen konnte.

„Einen klassischen Sal-", ehe Taylor aussprechen konnte, unterbrach ich ihn.

„Ich habe es mir anders überlegt, eine Pizza funghi bitte."

Er schaute mich erstaunt an.

„Bist du dir sicher?"

„Ich hab ziemlich Hunger um ehrlich zu sein." Ich schaute auf die rot-weiß karierte Tischdecke vor mir. „Und das nicht unbedingt auf Salat."

„Wie Sie wünschen", sagte der Kellner und verließ lächelnd unseren Tisch.

„Du weißt garnicht wie glücklich du mich damit machst." Taylor lächelte mich an.

20 Minuten später kam der Kellner mit unserem Essen und als ich die Pizza sah, löste das erneut eine enorme Panik in mir aus.

Nun lag sie vor mir und während Taylor schon genüsslich aß, schaute ich sie nur quälend an. Schließlich nahm ich mir ein kleines Stück und biss ab. Oh man schmeckte das gut. Es war wie eine Explosion in meinem Mund. Es war das erste richtige essen, was ich nach Tagen wieder zu mir nahm. Mama wäre bestimmt stolz auf mich. Und so lecker diese Pizza auch war, mit jedem bissen wurde das schlechte Gewissen größer. Die schwarze Qualle wuchs und wuchs und redete mir immer mehr schlechte Dinge ein. „Du bist fett, hör auf zu essen." Mir wurde immer heißer.

„Du fette Kuh."

„Nur fressen kannst du, mehr nicht."

Plötzlich sprang ich auf und lies das Pizzastück zurück auf meinen Teller fallen. „Lass mich in Ruhe!", schrie ich plötzlich. Erst dann als ich es schon ausgesprochen hatte, merkte ich dass sich ein paar der Restaurantbesucher zu uns umgedreht hatten.

„Oh Skyler, was hast du jetzt bloß wieder angestellt", dachte ich mir.

„Babe, alles in Ordnung?" Taylor kam zu mir hinüber und legte seinen Arm um mich.

„Es geht schon wieder, Danke."

Unsere Mitmenschen drehten sich wieder zu ihrem Platz und schenkten ihre Aufmerksamkeit wieder ihrem Essen.

„Es ist wegen dem Essen. Ich hatte kurz Panik, aber jetzt geht es wieder."

„Wollen wir lieber gehen? Wir können fragen, ob wir die Pizza mitnehmen können."

„Wenn es für dich so ok ist, würde ich jetzt lieber

Nachhause." Ich schaute einmal quer durch das Restaurant. „Also ich mein natürlich zurück ins Hotel, nicht Nachhause."

„Das hab ich verstanden, Skyler."

Wir ließen uns die Reste einpacken auch wenn ich mir ziemlich sicher war, das ich sie nicht mehr anrühren würde. Heute nicht mehr und erst recht nicht Morgen.

Am nächsten Morgen wurde ich wach und musste schnell feststellen, dass ich noch genauso aussah, wie bevor ich die Pizza angerührt hatte. Nur auf der Waage würde man es sehen können und da war ich froh, dass ich sie eingepackt hatte. Darf ich vorstellen: Meine beste Freundin, die Waage. Überall dabei und stehts ein gute Laune Bringer.

Bevor ich das Krankenhaus verlassen hatte, habe ich sie mit in meine Reisetasche gestopft. Ich wollte sie auf dieser Reise unbedingt dabei haben, auch wenn ich wusste, dass es eine falsche Entscheidung war. Unauffällig und vor allem leise, weil Taylor noch im Tiefschlaf war und ich ihn auf gar keinen Fall wecken wollte, zog ich sie aus meiner Tasche hervor und verschwand mit ihr im Badezimmer. Ich entkleidete mich und stand nun nur noch in Unterwäsche auf der Waage.

Manchmal nenne ich sie auch Teufel. Ist Situation bedingt.

38,9 Kg zeigte das digitale Ziffernblatt der Waage an. Eindeutig noch immer viel zu viel. Und jetzt bereute ich es so richtig. Hätte ich bloß die Finger von der Pizza gelassen. Ich kann garnichts, die Qualle hat Recht. Sie hat immer Recht.

Ich zog mir meine Klamotten wieder an und lies die Waage wieder unauffällig in meiner Tasche verschwinden. Danach legte ich mich zu Taylor zurück ins Bett, als wäre nie etwas gewesen. Als hätte ich mich nicht gerade wieder meiner Krankheit hingegeben. Ich griff nach rechts auf dem Nachttisch und schnappte mir mein Handy, was noch am Ladegerät hing. Nachdem ich mein Handy entsperrt und den Flugmodus ausgeschaltet hatte, öffnete Ich meinen Whatsapp-Account, da es mich ja schon interessierte, ob mir wer geschrieben hatte. Es trafen zwei Nachrichten von Robin ein und unzählige weitere von meinen Eltern.

**Mom und Dad sind wahnsinnig
wegen dir. Das ganze Krankenhaus
steht Kopf.**

Alle denken ich hab etwas damit zu tun.

**Stimmt, hab ich ja auch. Finde ich das gut?
Nein. Werde ich trotzdem unser Geheimnis
bewahren? Auf jeden Fall!**

Ich konnte mir so gut vorstellen wie verzweifelt
meine Eltern über mein plötzliches Verschwinden
waren, aber ich musste das einfach tun. Ich
musste das für mich tun, um wenigstens noch
einmal etwas zu erleben und etwas zu sehen,
außer Ärzte, Krankenschwestern und generell
diesen ganzen Krankenhaus kram. Ich wollte
leben. Auch wenn es nur für eine begrenzte Zeit
war.

**Sag ihnen einfach nichts ok, Robin?
Ich möchte nicht dass jemand erfährt,
wo wir sind.
Sag ihnen, dass ich sie liebe.**

Ok

Ich legte das Handy wieder an die Seite und
dachte darüber nach was sich wohl grad zuhause
abspielte.

„Robin, weißt du wirklich nichts? Wir machen uns doch nur sorgen! Was wenn ihr etwas passiert ist?"

„Mom, Dad, beruhigt euch wieder. Skyler geht es gut."

„Woher willst du das wissen? Sie könnte genauso gut tot sein."

„Taylor ist bei ihr. Es wird ihr nichts passieren."

„Ach wenn Taylor dabei ist, machen wir uns doch gleich weniger Sorgen…"

„Taylor hat sich verändert."

„Du weißt Bescheid, aber wir nicht? Wir sind eure Eltern!"

„Ihr wolltet ihr ja nicht glauben. Das habt ihr nun davon. Außerdem kann ich sie sehr gut verstehen. Ich würde auch nicht so gern wollen, das mir jemand ohne mein Einverständnis irgendetwas in meinen Körper einsetzt." Robin stand auf und ging in Richtung Tür. „Ach und übrings, Ich weiß nicht wo sie sind, falls ihr das denkt. Lasst sie einfach leben."

Ich wusste nicht, ob es sich so zuhause ereignete, aber es war mir auch egal. Ich war hier und das war alles was zählte.

Die meiste Zeit des Tages verbrachten wir in der Stadt und schauten uns die Sehenswürdigkeiten und Gebäude an. Ich machte so viele Fotos, wie noch nie zuvor. Wir entschieden uns sogar auf dem Fernsehturm hinauf zu fahren. Bei dem Anblick stockte mir der Atem.

„Wunderschön", brachte ich hervor und schaute die unzähligen Meter unter uns hinab. Taylor kam mir näher und strich mir eine Haarsträhne aus dem Gesicht. „So wie du."

Verlegen musste ich lächeln. „Danke."

Nach unserem kleinen Ausflug auf eines der höchsten Gebäude von ganz Berlin, gingen Taylor und ich noch einmal zu Starbucks. Dort holten wir uns beide einen kleinen Kaffee und wärmten uns ein wenig auf, da es etwas frisch geworden war.

„Was haltest du davon, wenn wir heute Abend nach Polen weiter fahren?" Ich tippte etwas in meinem Handy ein.

„Nach Polen?" Taylor schaute erstaunt zu mir rüber.

„Wir könnten nach Warschau für ein paar Tage. Du hast doch da Verwandtschaft, oder?"

„Ja genau, ich habe dort eine Tante. Wir könnten

Sie besuchen und anschließend wenn du möchtest noch nach Stettin weiter fahren?"

„Das hört sich super an." Ich tippte weiter auf meinem Handy, wo ich grad nach einem Bus schaute. „Der Bus fährt heute Abend. Sprich um 23:30 Uhr ist hier in Berlin Abfahrt und dann kommen wir morgen früh ungefähr gegen 6 Uhr in Warschau an."

„Ich frag meine Tante ob sie uns dann abholt, ja?"

„Das wäre total toll, dann werde ich jetzt buchen."

„Ja, mach das."

Wir verbrachten noch eine ganze weitere Stunde bei Starbucks, bis wir zurück zum Hotel gingen und ich die ganzen Fotos auf mein Ipad hoch lud.

„Das sind tatsächlich fast 200 Bilder, nur von heute."

„Läuft auf jeden Fall."

„Wir müssen unsere Taschen noch packen", sagte ich und schaute von meinem Ipad auf und blickte einmal durch unser Zimmer. *Komplettes Chaos.*

„Dann sollten wir mal lieber jetzt damit anfangen."

Ich sprang auf und leerte erst einmal komplett meine gesamte Tasche, verschwendete dabei aber keinen Gedanken daran, dass sich darin ja auch meine Waage befand. Leider viel mir dies erst ein, als es schon zu spät war und Taylor mit einem

Fragezeichen im Gesicht vor mir stand.

„Du hast nicht im Ernst deine Waage mitgenommen?"

„Ich musste es tun, ich hatte keine andere Möglichkeit."

„Es gibt immer eine andere Möglichkeit."

„Ich brauche diese Kontrolle, verstehst du?"

„Wir kriegen das schon irgendwie hin, aber du musst mitarbeiten und es auch wirklich wollen. Sonst wird das nichts."

„ok", war das einzige was ich rausbrachte. Zu mehr war ich nicht in der Lage.

Am späten Abend fuhren wir dann von Berlin nach Polen und kamen am darauf folgenden Tag in Warschau an.

Kapitel 13
Warschau für zwei Tage

„Aufstehen, wir sind angekommen", sagte eine fremde Stimme in einem schrillen Tonfall und weckte uns.

Ich öffnete langsam meine Augen und erkannte die Umrisse der Sitzreihen. Wir waren immer noch im Reisebus.

Vor uns stand der Busfahrer, der einen leichten Bierbauch hatte und geduldig darauf wartete, dass wir wach wurden und ausstiegen. Wir waren anscheinend seine letzten und auch nervigsten Passagiere.

Wir schliefen in Berlin ein und wachten in Warschau wieder auf. Ich mein wie cool war das denn bitte.

„Würd es bald", lies der Busfahrer erneut verlauten und dieses Mal wirkte er noch unfreundlicher als beim ersten Mal.

Nun war auch Taylor endlich wach. Er löste sich von meiner Hand, die er anscheinend die ganze Fahrt über gehalten hatte. Wir schnappten schnell unsere Sachen und verließen dann den Bus. Freude strahlend schaute ich mir die Gegend an, auch wenn es nur der Warschauer Hauptbahnhof

War. Es war wunderschön hier.

„Da vorne ist meine Tante", sagte Taylor zu mir, nahm meine Hand und rannte mit mir auf sie zu. Doch schon bei der Hälfte des Weges war ich komplett außer Atem und musste ihn bremsen.

„Ich kann nicht so schnell, Taylor. Ich bekomme kaum Luft."

Rücksichtsvoll ging er mit mir wieder in einem normalen Tempo, oder zumindest in einem Tempo was bei meinem jetzigen Zustand auf jeden Fall normal war, bis wir schließlich bei seiner Tante angelangt waren.

„Hallo Monika, schön dich wieder zusehen." Die beiden umarmten sich.

„Hallo Taylor, ich freu mich so, dass du mich besuchen kommst. Wann hatten wir uns das letzte Mal gesehen? Bei der Beerdigung von deinem Dad, stimmts?"

„Ja genau, dass ist schon ein Weilchen her."

„Und wer ist das?", fragte die Dame, die anscheinend Monika hieß und zeigte mit ihrem Finger auf mich und lächelte.

„Das ist meine Freundin Skyler."

Ich streckte ihr meine Hand aus und Sie schüttelte sie.

„Freut mich sehr dich kennen zu lernen." Sie lächelte mich an. „Na dann kommt, da vorne steht mein Auto." Wir gingen ihr hinterher und stiegen dann in ihr Auto ein und fuhren los. 15 Minuten später kamen wir dann an einem wunderschönen Haus an, was ein bisschen abgelegen lag.

„So da wären wir. Fühlt euch einfach wie zuhause, ok? Ich habe gleich gestern, als Taylor mir geschrieben hat, auch schon ein Zimmer für euch fertig gemacht."

Wir stiegen aus und folgten ihr dann in das schön eingerichtete Haus.

„Also hier unten ist die Küche, das Wohnzimmer, das Schlafzimmer von meinem Mann und mir, apropos, Berndt, dein Neffe ist da", rief sie ins andere Zimmer rüber. Ein Mann mit einem kleinen Bierbauch betrat den Flur.

„Och Taylor, schön das du da bist. Hast ja garnicht erzählt, das du Besuch mitbringst."

„Das ist Skyler." Er lächelte zu mir. „Meine Freundin." Wir beide schauten uns an.

„Hier unten ist dann auch noch ein Badezimmer. Wenn ihr die Treppe rauf geht ist da ein Gästezimmer, also euers für die nächsten Tage und das Zimmer von deiner Cousine, die ist allerdings die nächsten Tage nicht da, also seid ihr oben allein. Ein weiteres Badezimmer gibt es oben auch noch."

„Danke Monika, das ist sehr nett von dir", bedankte ich mich bei ihr, so wie es sich gehört.

„Das ist doch selbstverständlich. Wollt ihr es euch oben gemütlich machen?", fragte sie und zeigte mit ihren dünnen fingern die Treppe hinauf. „Ihr seid sicher noch Müde."

Mit unseren Taschen gingen wir nach oben und packten sie für die paar Tage aus.

Den Tag verbrachten wir damit, uns die Gegend anzuschauen, mit Taylors Familie warmen Kaffee zu trinken und uns mit ihnen zu unterhalten.

Kurz vor Mitternacht, machten wir es uns auf dem großen Bett gemütlich und wollten eigentlich schlafen.

„Ich war früher sehr oft hier", sagte Taylor und holte tief Luft. „Irgendwie erinnert mich grad alles an früher." Seine braunen Augen musterten meine. „Nur du bist jetzt hier", sagte er und schaute mich ernst an und gab mir dann einen leidenschaftlichen und Intensiven Kuss. Uns zu lösen kam uns garnicht erst in den Sinn, bis ich es schließlich doch tat. In diesem Moment merkte ich, dass es auch vielleicht bald mal auf mehr, als nur Küssen hinaus führen könnte und deswegen schnitt ich ein Thema an. Ein Thema das mir schon seit Jahren Angst bereitete.

„Taylor, wir müssen mal kurz sprechen." Ich biss mir auf die Unterlippe.

„Was ist los? Er setzte sich auf.

„Ich ähm", begann ich aber ich kam ins stottern. „Ich nehme die Pille nicht und ich wollte nur sicher gehen, dass wir, falls wir es tun, ein Kondom benutzen sollten."

Taylor setzte ein verschmitztes Grinsen auf, wurde aber schnell wieder ernster. „Wärst du denn bereit dazu? Also nachdem was passiert ist?"

„Ich weiß, dass du vorsichtig wärst. Du würdest mir nicht weh tun." Ich schaute zu ihm rüber. „Aber wir treiben es nicht jetzt, weil ich bin ziemlich müde." Ich fing an zu lachen und warf ihn ein Kissen ins Gesicht.

„Na warte, das bekommst du zurück."

und so artete das Ganze in eine Kissenschlacht aus, bis wir schließlich einschliefen.

Kapitel 14

Wahrscheinlich ist das so

Am Nächsten Morgen wurden wir beide fast gleichzeitig wach. Ich ging ins Badezimmer, wusch mir mein Gesicht, zog mir frische Klamotten an und ging dann nach unten in die Küche, wo Taylor schon am Esstisch saß. Monika, Taylors Tante füllte grad Kaffee in eine grüne kleine Tasse.
„Guten Morgen, trinkst du auch Kaffee?", fragte sie mich mit einem Lächeln im Gesicht.
„Guten Morgen, Ja ohne Kaffee geht bei mir Garnichts." Ich grinste sie an.
Monika lachte und füllte mir dann ebenfalls Kaffee ein.
„Dein Onkel und ich gehen heute Abend weg. Wahrscheinlich kommen wir erst in der Nacht Nachhause. Wir gehen auf ein Konzert", sagte sie und schaute Taylor und mich abwechselnd an.
„Auf welches Konzert geht ihr?", fragte ich sie.
„James Blunt."
„Das hört sich cool an, viel Spaß."
„Dankeschön, ich werde berichten wie es war."
Sie verließ mit ihrem Kaffee die Küche.
„Möchtest du etwas essen?", fragte mich Taylor.
„Toast", sagte ich und ließ den Blick auf den Toas-

ter in der Ecke des Raumes wandern. „Ich glaube ich esse Toast."

„Ganz wie die Dame wünscht." Er lächelte mich an.

Nachdem essen gingen wir wieder nach oben. Ich legte mich in das große Bett.

„Wie geht es dir?", fragte Taylor mich und schaute mich dabei ernst an. „Also ich mein jetzt so nach dem essen?"

„Gut denke ich."

„Also auch wegen dem schlechten Gewissen, mein ich."

„Mir geht es gut."

Taylor kam näher und küsste mich. Ziemlich zärtlich und leidenschaftlich.

„Ich wollte gleich mal kurz zur Drogerie, willst du mitkommen?"

„Ich würde hier bleiben wenn das ok ist."

„Ist ok, dann würde ich mal schnell los gehen, wenn etwas sein sollte ruf mich an."

„Mach ich."

Nachdem er weg war, stand ich auf und schaute mich im Spiegel an. Und zum ersten Mal nach Wochen, sah ich das was alle anderen sahen. Was meine Familie sah. Was die Ärzte sahen. Was Taylor sah.

Ich sah schrecklich aus. Total zerbrechlich und

gebrochen. Ich sah aus wie der Tod. Nicht mehr wie ein Mensch.

Plötzlich wurde die Zimmertür aufgerissen und Monika stand in unserem Zimmer.

„Es tut mir leid, dass ich hier so hinein platze, aber ich wollte sehen ob alles gut ist bei dir."

„Es ist alles ok, Dankeschön."

„Taylor hat mir erzählt was los ist und wie es um dich steht. Wenn ich irgendwas für dich tun kann, dann sag mir Bescheid, Ja?"

„Werde Ich, danke Monika."

Etwas später kam auch Taylor wieder.

„Was hast du gekauft?", fragte ich ihn neugierig, als er das Zimmer betrat.

„Ein paar Hygiene Artikel. Hab meinen Rasierer im Hotel in Berlin vergessen."

„Echt jetzt?" Ich musste lachen.

„Jap, echt jetzt."

Am Abend als seine Tante und sein Onkel dann weg waren entschieden wir uns dazu einen Horrorfilm zu gucken. Nur viel von dem Film bekamen wir nicht mit.

Taylor begann mich sehr leidenschaftlich zu küssen. Auch mit Zunge. Mir wurde ganz schön heiß dabei und das, obwohl mir sonst immer nur kalt war. Ich wusste nicht ganz was mit mir geschieht.

Ich spürte plötzlich seine Hand unter meinem T-shirt. Ich zuckte zusammen. Er merkte das und schaute mich an.

„Also wenn du-"

Ich unterbrach ihn. „Hast du ein Kondom hier?"

Taylor holte eine Packung aus dem Nachttisch rechts neben dem Bett.

„Aber wenn du nicht möchtest, ist das ok."

„Doch ich möchte."

Taylor lächelte mich an und begann dann wieder mich zu küssen. Dann zog er mein T-shirt aus und im Anschluss seins. Jetzt berührte sich unsere Haut und es ließ mir das Herz bis in den Hals schlagen. Wir küssten uns weiter und zogen uns dabei aus. Als ich nur noch im BH und Unterhose vor ihm saß zuckte er zusammen. *Mein Anblick schockierte ihn*. Er wischte mir eine Haarsträhne aus dem Gesicht und flüsterte dabei. „Es tut mir so leid was ich dir angetan habe."

„Es ist okay." Ich rutsche näher an ihn heran und küsste ihn. Seine Hände wanderten zu meinem BH und öffneten ihn. Dann war auch der Rest der Unterwäsche weg. Er kam über mir, küsste mich sanft und führte ihn dann vorsichtig in mich ein. Ich zuckte zusammen und in diesem Moment kamen die Erinnerungen zurück. Die Erinnerung an diesen einen Tag. An John und den Schmerz.

Er machte langsame Bewegungen und war vorsichtig. Anders als wie John. Meine Hände wuschelten durch seine braunen Haare, während er sich langsam in mir bewegte.

„Ich liebe dich", sagte er leicht stöhnend.

Schade, dass er solange brauchte, um das zusagen, aber ich verüble es ihm nicht.

„Ich liebe dich auch", sagte ich. Ich konnte es nicht leugnen. Ich liebe diesen Jungen. Und vielleicht sogar mehr, als wie mich selbst.

Ich krallte meine Hände in seinen Rücken, kam dabei ein wenig hoch und musste leicht Stöhnen, als er die richtige Stelle traf. Jetzt konnte ich das Stöhnen nicht mehr unterdrücken. Auch er kam allmählich richtig in Fahrt und erhöhte sein Tempo. Es fühlte sich gut an irgendwie, aber auch komisch auf einer gewissen Art. Er küsste mich immer weiter und wurde immer schneller, bis er kam. Mein Orgasmus blieb aus. Es fühlte sich anders an, als wie ich gedacht hatte. Seltsam irgendwie.

Früher hatte ich immer Panik vor dem ersten Mal und dachte, dass alles perfekt sein muss und habe mir so ziemlich alles ausgemalt. Wie im Märchen halt irgendwie. Aber das hier ist kein Märchen, das hier ist das Leben.

Nachdem Sex legte er sich neben mich und zog mich an sich ran.

„Du bist das Beste, was mir je passiert ist.“

Wir küssten uns.

Mit dem Sex ist das so eine Sache. Wir ziehen uns gegenseitig aus, aber anziehen tun wir uns allein. Jeder für sich.

Mitten in der Nacht wurde ich von einem schniefen geweckt. Ich schreckte auf und sah Taylor auf dem Bett sitzen. Er weinte.

Ich hatte ihn noch nie zuvor so gesehen und ihn jetzt so aufgelöst zu sehen zerriss mir das Herz.

„Taylor was ist los?“, fragte ich ihn und er schaute mich mit nassen Augen an und sagte kein einziges Wort.

„Taylor was ist?“, wiederholte ich.

Wieder keine Antwort.

Ich rutschte an ihn ran und schlug meine Arme um ihn.

Wir saßen ein paar Minuten so da, dann äußerte er sich endlich.

„Es tut mir so unfassbar leid, Skyler“, sagte er und schniefte. „Du wirst sterben und ich bin daran schuld.“ In meinen Armen brach er zusammen. Ich hatte ihn noch nie so gesehen. So stark verletzt.

„Es ist okay.“ Ich drückte ihn näher an mich und

strich ihm über sein dunkel rotes T-Shirt. Er weinte immer mehr und er hörte nicht auf.

„Es ist okay." wiederholte ich.

Kapitel 15

Ist das in einem Jahr noch wichtig?

Am nächsten Morgen wurde ich wach und musste feststellen, dass Taylor nicht mehr neben mir lag. Ich zog mir schnell meine graue Sweatshirt-Jacke über und ging die Treppe zur Küche hinunter. Als ich unten ankam, sah ich dass die Tür bis auf einen kleinen Spalt geschlossen war. Ich kam näher und hörte Stimmen. Vor der Tür blieb ich schließlich stehen. Ich hörte ein leises schniefen, dann hörte ich Monika. Sie sprach mit Taylor.

„Es ist nicht deine Schuld, rede dir das bitte nicht ein", sagte sie.

„Doch es ist meine Schuld. Ich habe alles verbockt. Dank mir sieht sie jetzt so aus. Sie wird sterben, weil ich Angst hatte sie zu lieben. Ich war ein verdammtes Arschloch."

Das letztere sagte er in einem ziemlich lauten Tonfall und im selben Moment wurde die Tür aufgerissen und ich kam zum Vorschein. Taylor und Monika schauten mich an, als wäre ich ein Gespenst. *Und das bin ich ja eigentlich auch.*

„Skyler, ich wollte nicht-" Er schaute mich verletzt an.

Ich sagte nichts und nahm ihn einfach in den Arm.

Manchmal hilft eine Umarmung mehr, als tausend Worte es je tun könnten...

Kapitel 16
Liebes Reisetagebuch...

Am darauf folgenden Tag kamen wir frühmorgens in Stettin an, wo wir für einen Tag blieben und die Stadt erkundeten. Unter anderem schauten wir uns the Museum of Technology and Transport an, trunken in einem kleinen süßen Café im Sonnenschein Kaffee und gingen im Kasprowicza Park spazieren, was mehr oder weniger meine Idee, oder wohl eher die Idee meiner Essstörung war. Am Abend kamen wir im Hotel an, wo ich gleich im Badezimmer verschwand, um duschen zugehen. So war zumindest der Plan. In einem Moment wo Taylor nicht hinsah, holte ich die Waage aus meiner Tasche und verschwand mit ihr im Badezimmer. Nachdem ich alle Klamotten, bis auf die Unterwäsche ausgezogen hatte und mit beiden Beinen auf der Waage stand, bekam ich einen kleinen Schock. Zwei Kg mehr zeigte die Waage an. Es war furchtbar.

Enttäuscht von mir selbst ging ich runter von der Waage und sank weinend zu Boden. Und in diesem Moment tat es so stark weh. In diesem Moment gab es für mich nur diesen einen einzigen Ausweg. Mich übergeben, egal wie.

Ich beugte mich über die Kloschüssel und steckte mir den Finger in den Hals, aber es passierte nichts. Und tief in meinem Unterbewusstsein, war ich sehr froh darüber, denn eigentlich hasse ich kotzen. Trotzdem hörte ich nicht auf und hing immer noch Kopf über die Kloschüssel gebeugt, als plötzlich Taylor an die Tür klopfte. Er musste wohl mein Weinen gehört haben. Es war wohl nicht zu überhören.

„Alles okay bei dir?"

Keine Antwort.

„Skyler?"

Wieder nichts.

„Ich komme jetzt rein."

Keine Sekunde später öffnete sich die Tür und Taylor betrat das kleine Badezimmer. Dann sah er mich neben der Toilette hocken und weinen.

„O Gott Skyler, was machst du denn da." Er kam zu mir gelaufen und wischte die Tränen aus meinem Gesicht.

„Das ist keine Lösung, das macht alles nur noch schlimmer."

„Ich weiß, aber-„

„Nichts aber, wir schaffen das zusammen, vergessen?"

„Nein, nicht vergessen."

Er wischte mir mit einem Finger die Tränen von

der Wange und zog mich anschließend in seine Arme.

Kapitel 17
Es geht nach Kopenhagen

Am nächsten Morgen standen wir früh auf und fuhren um 7 Uhr mit einem Bus in die Hauptstadt von Dänemark weiter. Ganze 7 Stunden später kamen wir in Kopenhagen an und checkten schnell ins Hotel ein, ehe wir uns wieder auf den Weg machten, die Stadt zu erkunden.

Immer wieder bezog sich der Himmel, aber das hielt uns nicht davon ab, raus zu gehen. Wir machten halt bei einer Bank in einem kleinen Park. Wir setzten uns jeder auf eine Seite und schauten in die Natur. Einen Moment lang, herrschte Stille. Dann unterbrach sie Taylor.

„Weißt du noch, den einen Tag in New Jersey, wo wir uns abends im Park getroffen haben. Bei unserer Bank?"

„Du meinst die Bank, die ich voll mit Edding beschmiert habe?", sagte ich und musste lachen.

„Ja, genau die meine ich. Du hast auch wirklich allen scheiß darauf geschrieben. Wir haben uns an diesem Tag den Sonnenuntergang zusammen an- gesehen, weißt du noch?"

„Und du sagtest in ein paar Jahren würdest du mir genau dort einen Antrag machen", ergänzte ich.

Ich erinnere mich an diesem Tag, als wäre es gestern gewesen. Und damals sagte er das, dabei waren wir noch nicht einmal zusammen.

Ich holte tief Luft. „Weißt du noch den einen Tag im Garten?"

„Deine Abschiedsparty, von der du uns nicht erzählen wolltest? Klar weiß ich noch."

„Nein, von der Nacht, als ich im Garten übernachtet habe. Die Nacht wo ich in den Alkoholiker reingefahren bin, mit dem Fahrrad."

„Stimmt, das war doch in den Ferien irgendwann oder?"

„Richtig, so gegen zwei Uhr Nachts. Das war echt lustig. Allerdings hatte ich in diesem Moment echt ein wenig Angst."

„Kann ich verstehen."

„Taylor?"

„Hm?"

„Damals bei meiner Abschlussprüfung in der 10. Klasse in Englisch, mussten wir zu dritt in die mündliche Prüfung. Das war zu dem Zeitpunkt, an dem meine Essstörung ihren Höhepunkt hatte. Wir alle hatten von unserem Lehrer Bilder bekommen, die wir beschreiben sollten. Ich weiß noch das eine meiner Gruppenmitglieder, ein Bild mit einem Postboten hatte und die andere mit einem Hund drauf. Es waren ganz normale Bilder."

Ich knibbelte an meinem Finger, schaute abwechselnd zu Taylor und zu Boden hinab, entschied mich aber doch letztendlich für den Boden.

„Dann habe ich mein Bild bekommen und ich sah ein Mädchen, dass traurig aussah, abgemagert bis auf die Knochen war und in den Spiegel schaute und anstatt ihren knochigen Körper darin zusehen, blickte sie in Ihr Spiegelbild, was sie als dicke Person zeigte." Ich setzte einen Moment aus und konnte nur noch sehr schwer meine Tränen unterdrücken und zurückhalten. Es war nur noch eine Frage der Zeit, bis sie meine Augen verließen und sich auf den Weg machen würden.

„Ich konnte mich in diesem Moment das allererste Mal so sehen, wie die anderen mich immer sahen. Krank. Traurig. Fast tot."

Ich verlor den Kampf und es bildete sich eine Pfütze unter meinen Augen.

„Ich glaube, dein Lehrer hat dir damals bewusst dieses Bild gegeben. Er hat dir angesehen, dass mit dir etwas nicht in Ordnung ist."

„Ich habe an diesem Tag eine 1 bekommen und habe mich damit belohnt, indem ich nichts aß. Und ich hasse mich dafür."

„Es ist deine Vergangenheit, Skyler. Die kannst du nicht ändern. Du kannst nur ändern, wer du jetzt in diesem Moment gerade sein willst. Lebe nicht länger in der Vergangenheit."

Eine lange Zeit sagte ich nichts mehr, dann stammelte ich mir etwas zusammen.

„An was wirst du dich erinnern, wenn ich nicht mehr da bin?"

„An alles, Skyler." Er schaute mich an. „Einfach an alles."

Es wurde ruhiger zwischen uns und Minuten lang sagte keiner ein Wort. Dann räusperte er sich.

„Die einzige Person, die dich retten kann, bist du selbst. Das weißt du, oder?"

„Ja, ich weiß."

Stille.

„Es gibt da etwas, was du nicht weißt", sagte Taylor und brach damit das erneute Schweigen. Fragend schaute ich ihn an. „Und das wäre?"

„Bei unserem ersten Treffen war ich nicht ganz ehrlich zu dir."

„Du meinst damals bei Starbucks?"

„Ja, genau da."

„Was hast du mir nicht erzählt, Taylor? Inwiefern warst du nicht ehrlich?"

„Ich habe viel gekifft."

„Du meinst Gras?"

„Eher härteres Zeug."

„Tust du das denn immer noch?"

„Nein, nicht mehr so oft."

Stille.

Er räusperte sich.

„Ich habe zu der Zeit, als wir uns kennengelernt haben viel gekifft. Irgendwann musste ich Medikamente nehmen und war deshalb immer so müde. Wegen dem Entzug. Deswegen habe ich die treffen so oft verschlafen und war deswegen so oft beim Arzt."

„War es wirklich deshalb?"

„Ja, Skyler."

„Aber jetzt bist du doch clean und das ist doch gut oder?"

Er knibbelte nervös an seinen Fingernägeln und schaute mich dann mit einem trüben Blick an.

„Da ist noch etwas was du nicht weißt und ich möchte dir das gerne erzählen."

Fragend schaute ich ihn an.

„Meine Mom hat damals viel gekifft und geraucht, bevor sie gestorben ist. Sie hat deswegen oft mit meinem Vater gestritten, obwohl er selbst nicht besser war. Er hang ja selbst den ganzen Tag lang nur an der Flasche." Er schaute mittlerweile betrübt zu Boden und ich konnte ihm anmerken, was für eine Überwindung es für Ihn war, mir das zu erzählen.

„Als meine Mutter dann Krebs bekam, war es ein

Schock für meinen Vater, aber wenn ich ehrlich bin, war es ihm egal. Meine Schwester hat mir erzählt, dass er sich wohl mit anderen Weibern getroffen hat."

„War deine Mutter auch depressiv?", fragte ich ihn.

„Ich weiß es nicht, sie hat darüber nicht mit meinem Vater gesprochen, aber den Erzählungen nach, denke ich schon."

„Das tut mir leid."

„Schließlich ist meine Mutter an Krebs gestorben, als ich ungefähr 3 Jahre alt war und hat ihre Kinder und ihren Mann zurück gelassen."

„Warum hast du mir das nie erzählt? Warum hast du nie darüber gesprochen? Über deine Mutter?"

„Ich konnte darüber nicht sprechen, bis jetzt."

„Danke, dass du mit mir darüber redest. Das bedeutet mir wirklich sehr viel." Ich schaute zum Himmel, der sich erneut bezog. „Aber eine Frage habe ich noch."

„Hm?"

„Rauchst du deswegen so viel? Wegen deiner Mutter?"

„Ich denke ich habe nie alles richtig verarbeitet. Den Tod von meiner Mutter, Das Fremdgehen von meiner Ex-Freundin und irgendwie diesen ganzen Schmerz. Das rauchen hat irgendwie geholfen. Es hat mich betäubt."

„Ich rauch auch ab und zu. Aber nie mehr als zwei am Tag und auch nie jeden Tag…" Ich schaute ihn an. „Aber es ist nicht gut, dass du so viel rauchst, Taylor."

„Ich weiß das und so viel rauche ich auch garnicht mehr. Es ist nur schwer aufzugeben."

„Wie mit der Essstörung."

„Ja genau, dass ist deine Sucht und Rauchen meine."

Kapitel 18
Auch Tiefgründige Gespräche haben ein Ende

Im Anschluss von diesem Tiefgründigen Gespräch, besuchten wir Sehenswürdigkeiten wie die Kleine Meerjungfrau und machten Fotos bei dem Hafen Nyhavn. Am Abend gingen wir in ein Asiatisches Restaurant essen und ließen den Abend gemütlich ausklingen. Auch wenn ich an diesem Abend nur ein bisschen Reis mit Gemüse runter bekam, war es dennoch ein Anfang. Ich wollte es ja wirklich ändern. Ich wollte Leben.

Anschließend fuhren wir einen Tag später nach Stockholm weiter. Acht Stunden Fahrt lagen hinter uns, als wir ankamen und vom Regen begrüßt wurden. Aber es war nicht un-angenehmer Regen, sondern schöner. Zudem war es auch nicht kalt, sondern schön angenehm warm. Was für mich ein sehr großer Vorteil ist, da ich seit der Essstörung ununterbrochen friere.

Die Reisebegleitung verteilte am Ausgang des Busses Regenschirme, die aber um ehrlich zu sein so aussahen, als würden sie nicht wirklich viel taugen. Trotzdem war es eine nette Geste, des

Reise-Teams. Allerdings entschieden Taylor und ich uns dazu ohne weiter zugehen und den Regen so komplett zu spüren. Das komplette Reise-Erlebnis eben.

Wir gingen durch die Straßen, auf dem Weg zu unserem Hotel. Dort angekommen, bezogen wir unser Zimmer und legten uns auf das große Doppelbett.

„Kennst du eigentlich die Serie, X-factor das Unfassbare?"

„O mein Gott ja, ich liebe das."

„Das läuft heute Abend im Fernsehen. Wollen wir uns das angucken?"

„Ich bitte darum, aber dann nur mit Ben & Jerrys!"

„Dann sollten wir auf jeden Fall noch einkaufen gehen."

Am Abend besuchten wir ein kleines, aber dafür sehr schickes Restaurant und teilten uns eine Pizza. Anschließend nahmen wir uns noch ein Ben & Jerrys von dort mit. Meine Lieblingssorte Peanutbutter and cookies. Zuhause, beziehungsweise im Hotel angekommen, ließen wir uns auf unser Bett fallen und machten den Fernseher an. Kurze Zeit später ging auch schon die Serie los. Mit vollem Mund schaute ich Taylor an.

„Ich Feier Jonathan Frakes so, der ist so cool!"

„Ich stimme dir zu, allein wie er schon spricht. Da

bekommt man schon echt Gänsehaut."

Taylor strich mir eine Haarsträhne aus dem Gesicht und legte sie mir hinter das rechte Ohr und schaute mich an. „Du bist wunderschön."

Verlegen antwortete ich. „Dankeschön."

Dann küssten wir uns. Und eigentlich war alles gut, auch wenn die große schwarze Qualle in diesem Moment wieder genug Nahrung bekam.

Kapitel 19
Blut ist dicker als Wasser

Am nächsten Tag kamen wir gegen frühen Nachmittag in Hamburg an und entschieden uns zusammen auf einen Jahrmarkt zu gehen.

Wir fuhren mit der U-Bahn drei Stationen vom Hotel aus bis zum Jahrmarkt-Gelände. Wir überquerten eine Ampel und waren dann am Zielort angekommen. Eine dreiviertel Stunde brauchten wir bis wir einmal komplett einmal über dem Rummelplatz waren. Ich war noch nie zuvor auf einem so riesigen und überfüllten Jahrmarkt gewesen. Wirklich noch nie, dabei waren die Jahrmärkte in New Jersey schon immer gut besucht. Aber mithalten konnte er nicht. Generell war ich ziemlich lange nicht mehr auf einem Rummel gewesen. Ich glaube das letzte Mal war, als ich bei Kira in Selenka war. Oh man Kira, ich vermisse sie so sehr. Ich habe sie zwar erst letzten Sommer gesehen, als ich mit meinen Eltern und Robin für zwei Wochen in meiner alten Heimat New Jersey und anschließend in Selenka war, aber das kommt mir schon wieder wie eine ganze Ewigkeit vor.

Auch Paula habe ich damals im Sommer das letzte Mal gesehen. Seit meines auszuges führen wir eine fern-Freundschaft. Und auch wenn wir uns nicht oft, beziehungsweise wohl eher kaum sehen, außer via Skype, funktioniert unsere Freundschaft super. Wir telefonieren oft und Video chatten. Und auch wenn wir mal einen Tag lang nichts von einander hören, wissen wir das wenn es drauf ankommt, wir immer für einander da sind. Und das ist doch das einzige was zählt oder?

Taylor nahm meine Hand und blieb plötzlich stehen.

„Bist du schon einmal Kettenkarussell gefahren?", fragte er mich.

„Nein, und ich habe es auch nicht vor", antwortete ich selbstsicher. Ich habe mein ganzes Leben schon Höhenangst und Karussell fahren ist auch nicht so mein Ding. Warum sollte ich also freiwillig dort rein.

„Ach komm, warum denn das nicht?"

„Nein Taylor, wenn du da rein möchtest kannst du das gerne machen, aber ohne mich."

„Es wird Zeit das du lernst was wirklich Spaß macht."

Er drückte meine Hand fester und zerrte mich dann hinter sich her. Er ging in Richtung des Karussells und es machte mir jetzt schon Angst.

„Zwei Tickets bitte", sagte Taylor zu der Kassiererin, die in einem kleinen Häuschen vor dem Karussell saß. Nachdem er ihr das Geld reichte, Schub sie uns die Tickets rüber und lächelte uns an.

„Viel Spaß euch zwei."

„Danke", sagte ich und schnappte hastig nach den Tickets.

„Du kannst es ja garnicht mehr erwarten", sagte Taylor und schmunzelte.

„Ich will es einfach nur schnell hinter mich bringen, okay."

„Aha, so ist das also."

Wir gingen auf das Karussell-Gelände zu, das grad zum stehen gekommen war. Ich suchte mir dann einen Platz aus und Taylor setzte sich neben mich.

„Wirst schon sehen, das wird Spaß machen", sagte er und nahm meine Hand.

Ich verdrehte die Augen und nach wenigen Minuten setzte sich das Karussell in Bewegung. Plötzlich schwebten wir über den Boden und drehten uns. Erst langsam, dann immer schneller. Immer mehr drehten wir uns im Kreis und ich beschloss meine Augen zu schließen, doch als ich sie wieder aufmachte, durchfahr mich ein Gefühl von Spaß und Angst zugleich und im nächsten Moment wusste ich nicht ob ich träume oder es

Wirklichkeit war.

„O mein Gott, da ist Kira", schrie ich vor mir hin und versuchte mit meinem Finger auf sie zu zeigen, in wie fern das auch möglich war, wenn wir uns immer schneller im Kreis drehten.

„Babe, bist du dir da ganz sicher?"

„Ich weiß es nicht, aber sie sieht auf jeden Fall aus, wie sie."

Taylor lachte. Nachdem das Karussell wieder angehalten hatte lösten wir uns von unseren sitzen und gingen die paar Treppen hinunter, bis wir wieder richtigen Boden unter den Füßen hatten.

„Du hast gesagt es würde Spaß machen."

„Ähm ja?"

„Aber du hast nicht gesagt, dass es so unglaublich ist. Ich liebe es!", sagte ich und in diesem Moment hatte ich ein kleines Fünkchen Lebensfreude zurück. Es war nicht viel, aber es war ein wenig und dann sah ich sie vor mir. Kira. Live und in Farbe.

„Kira!", schrie ich und rannte zu ihr hin.

Sie drehte sich um und begann zu lächeln.

„Skyler, o mein Gott du bist es."

Ich viel ihr in die Arme und als ich sie dann in meinen Armen hatte, musste ich erst einmal Luft holen. Dann löste ich mich von ihr.

„Was machst du denn hier? Müsstest du nicht in Selenka sein?"

„Wir sind hier auf Klassenfahrt, aber nur noch bis morgen. Dann geht es wieder zurück. Und was machst du hier?"

„Naja Taylor und ich", ich zeigte auf Taylor der inzwischen neben mir stand, „verbringen momentan ein paar Tage zusammen um ein bisschen abzuschalten."

„Das klingt schön. Wollt ihr mitkommen? Wir wollten uns was Süßes holen."

„Aber klar, ich hab dir so viel zu erzählen. Ich weiß garnicht wo ich anfangen soll." Ich harkte mich bei ihr am Arm und zusammen machten wir uns dann auf den Weg zu den Süßwaren. Und fast für einen Augenblick vergaß ich meine Essstörung. Den eigentlichen Grund warum ich hier war. Es gab nur Taylor, Kira mich und das Jahrmarktgelände.

Als wir angekommen waren, setzten wir uns an einen kleinen Picknicktisch und unterhielten uns.

„Ladies", unterbrach uns Taylor. „Ich wollte was Süßes holen, wollt ihr auch was?"

„Gebrannte Mandeln für mich", rief Helena, eine Freundin von Kira. „Und für mich Zuckerwatte", sagte sie selbst.

„Und du Schatz?"

Und da war sie wieder. Die Essstörung.

Verlegen schaute ich zu Boden und knibbelte an meinen Händen. Dann schaute ich wieder auf.

„Auch Zuckerwatte, Danke."

Er lächelte mich an und ging dann los. Ich beobachtete ihn dabei, wie er etwas in sein Handy tippte. Kurze Zeit später vibrierte mein Handy. Ich holte es aus meiner Hosentasche und entsperrte es.

Danke, stand dort mit einem Herz. Ich lächelte zu ihm und wandte mich dann Kira und Helena zu.

„Du bist wieder so dünn geworden, was ist passiert?"

„Weißt du, das ist eine ziemlich lange Geschichte. Ist nicht so wichtig."

„Wenn du darüber sprechen möchtest, weißt du ja dass ich dir zuhöre."

„Ich weiß, Danke."

Taylor unterbrach uns und gab jeden von uns das was wir uns vorher ausgesucht hatten.

„Dankeschön, sagten wir fast alle im Chor."

„Gerne."

Wir unterhielten uns noch eine ganze Weile, bis wir uns verabschiedeten und Taylor und ich wieder zurück zum Hotel gingen.

Die Zuckerwatte hatte ich nicht angerührt und statt sie selbst zu essen, einem kleinen Mädchen geschenkt, was wesentlich mehr Freude daran hatte, als ich.

Im Hotelzimmer setzte ich mich auf unser großes Bett und schaute die Decke an.

„Du hast sie nicht gegessen", sagte Taylor und irgendwie wirkte er dieses Mal enttäuscht.

„Es tut mir leid. Kannst du mich in den Arm nehmen?"

„Bitte", ergänzte ich.

„Natürlich."

Manchmal helfen Umarmungen mehr, als tauende von Worte auf dieser Welt.

Kapitel 20
Paris, die Stadt der Träume

„Bonjour comment vas tu?", begrüßte uns eine Dame, die Team des Reisebusses war.

„On y Visite Disneyland", sagte Taylor in einem komischen Akzent. Die Frau schaute uns komisch an und ging dann zu den anderen Passagieren. Als sie komplett aus der Sicht war, beugte ich mich zu Taylor rüber.

„Hast du verstanden was sie gesagt hat? Ich wusste garnicht das du französisch sprechen kannst."

„Nein, kann ich auch nicht, aber immerhin hat sie jetzt eine Antwort, auch wenn es nicht unbedingt auf ihre Frage war."

Ich musste lachen.

„Gehen wir wirklich ins Disneyland?"

„Wenn du das möchtest."

Wir lächelten uns beide an, dann lehnte ich mich an ihn an und schloss meine Augen.

10 Stunden später kamen wir in der Hauptstadt Frankreichs an. Wir holten unsere Taschen aus dem großen Fach unterhalb des Busses und gingen dann zu einer Bushaltestelle und warteten dort auf unseren Bus. Wir fuhren ungefähr 20

Minuten und kamen dann in der Nähe unseres Hotels an.

„Taylor, warte kurz", sagte ich und blieb stehen und holte tief Luft. Nur dieses Mal viel es mir schwerer, als sonst.

„Alles ok?", fragte er und schaute mich an und kam dann ein paar Schritte auf mich zu.

„Ich hätte mein Sauerstoffgerät mitnehmen sollen. Ich bekomme nicht so gut Luft."

„Soll ich dich tragen?"

„Nein, das schaffe ich schon." Ich nahm meine Tasche hoch und ging weiter in Richtung des Hotels. Ich wollte nicht so Hilflos wirken, auch wenn ich in diesem Moment alles andere als nicht hilflos war.

„Kommst du, du lahme Ente?" Ich drehte mich zu Taylor um, der noch hinter mir stand.

„Ja ja, komm ja schon." Er nahm seine Tasche hoch und kam dann wieder näher zu mir.

Im Hotelzimmer angekommen, stellte ich meine Tasche neben dem Bett ab und schaute aus dem Balkonfenster. Von hier aus konnte man direkt auf den Eifelturm schauen.

„Sag mal hast du irgendetwas schickes zum anziehen dabei?", fragte mich Taylor ganz plötzlich.

„Sind oversized Pullis schick?" Ich runzelte die Stirn.

„Du siehst in allem schick aus."

„Was ist dein Plan?"

„Wir gehen heute Abend schick essen in einem französischen Restaurant. Ich habe uns einen Tisch reserviert."

„Echt? Das klingt ganz toll. Aber ich habe wirklich nichts schickes zum anziehen mitgenommen. Es tut mir leid."

„Brauchst du auch nicht. Du siehst auch so wundervoll aus."

„Danke."

„Also um 19 Uhr haben wir den Tisch, bis dahin ruh dich aus ja? Die letzten Tage waren sehr anstrengend für dich."

„Ich hab Hunger. Kannst du mir was zu essen holen? Ich habe das Gefühl, dass ich gerade nicht selbst genug Energie dafür habe."

„Allein deswegen solltest du etwas essen. Du brauchst die Kraft… Aber klar, ich bin gleich wieder zurück."

Keine 20 Minuten später kam Taylor mit noch warmen Croissants und frischen Orangensaft zurück. Wir setzten uns mit dem Essen auf den Balkon und genossen die Aussicht.

„Haben sich deine Eltern eigentlich bei dir gemeldet?", fragte Taylor und biss in sein warmes Croissant.

„Ja, jeden Tag, aber ich habe sie ignoriert. Ich bin Volljährig."

„Aber schwerkrank." Er nahm einen erneuten bissen. „Skyler, es wäre besser wenn du ihnen schreibst."

„Es sind nur noch fünf Tage bis wir wieder zuhause sind, Taylor. Ich halte Robin jeden Tag auf dem laufendem. Ich weiß das Mom und Dad sauer auf mich sind, aber ich musste das tun, weißt du."

„Warum denkst du, du musstest das tun?"

„Weil ich in der Vergangenheit gefangen bin."

„Was möchtest du damit aussagen?"

„Das ich nicht mehr los komme. Ich stecke fest. Und es wird sich nicht mehr ändern."

„Es gibt immer Hoffnung, dass sich etwas ändert. Außerdem sagst du doch selbst immer, dass man positiv sehen muss."

„Ja und genau deswegen hab ich aufgehört positiv zusehen. Weil sich ja nie etwas ändert."

„Meinst du damit mich?"

„Ich habe das Gefühl, das sobald ich jemanden von meinen Problemen und negativen Gefühlen erzähle, es gegen mich verwendet wird. Ich mache mich dadurch nur noch verletzbarer und am Ende bin ich die, die leidet." Inzwischen bildeten sich tränen in meinen Augen. „Vielleicht wäre es eine Option nie wieder etwas nach außen zu zeigen.

Vielleicht nur noch das Gute."

„Es ist deine Entscheidung. Wenn du denkst, dass es so richtig ist, dann tu es."

„Außerdem geht es mir doch ganz gut. Ich lebe noch und habe meinen Spaß."

„Du hast einen Humor."

„Ich weiß."

Am Abend stylte ich mich dann ein bisschen auf, bis wir uns zusammen auf dem Weg zum Restaurant machten. Am Eingang begrüßte uns eine junge gutaussehende Französin.

„Mrs. Und Mr. Standel, ihr Platz ist gleich hier vorne." Sie zeigte auf einen Tisch auf den Kerzen standen und brannten.

Ich lächelte zu Taylor rüber, der sich bei der Dame bedankte und mich dann zum Platz begleitete.

„So so Mrs. Und Mr. Standel." ich konnte mir das Lächeln nicht verkneifen. Er tat es mir gleich.

Ein Kellner kam zu uns und reichte uns die Speisekarten. Ich musste garnicht reinschauen, um zu wissen, dass dieser Laden sau teuer war.

„Darf es für die Herrschaften ein Glas Champagner sein?"

„Bringen sie uns doch gleich die ganze Flasche, ja? Vielen Dank", sagte Taylor selbstsicher.

„Ich glaube meine Eltern bringen mich um, wenn

sie erfahren wie viel Geld wir ausgegeben haben."

„Ich glaube sie bringen dich eher um, weil du einfach so abgehauen bist. Mach dir darüber jetzt erstmal keine weiteren Gedanken. Genieß nur diesen Moment. Diesen einen Moment." Er nahm meine eine Hand in seine, dann schauten wir uns die Speisekarte an.

„Also was möchtest du essen?"

„Ich glaube ich esse ein Ratatouille."

„So wie damals, als du bei uns zum Essen warst."

„Ja, so wie damals. Und was nimmst du?"

„Tortellini mit Spinatfüllung, glaube ich."

Im selben Moment kam der Kellner mit der Flasche Champagner zu uns und nahm auch gleich unsere Bestellung auf.

Taylor öffnete den Champus und goss ihn in zwei Gläser.

„Also auf diese schöne Zeit", sagte er und hob sein Glas ein Stück in die Luft.

„Auf diese schöne Zeit." Ich hob ebenfalls mein Glas.

Nach dem Hauptgang bestellten wir uns zum Nachtisch eine Mousse a Chocolate, die wir uns teilten.

„Ich habe noch eine Überraschung für dich."

„Noch eine?"

„Ja, aber dafür müssen wir raus."

Wir bezahlten und gaben der Kellnerin ein ordentliches Trinkgeld. Dann verließen wir das nobellokal und gingen durch die dunklen Straßen von Paris.

„Vertraust du mir?"

„Ja, warum sollte ich nicht?"

„Gut."

Er nahm ein kleines schwarzes Tuch aus seiner Hosentasche und band es mir vor die Augen.

„Ich führe dich."

„Wird das jetzt sowas wie fifty shades of grey, oder wie?"

Er musste lachen. „Nein, lass dich überraschen."

Seine Hände in meinen gingen wir weiter bis wir stehen blieben. Er entfernte das Tuch wieder und in diesem Moment traute ich meinen Augen nicht. Wir standen auf einem wundervollen Platz und vor uns glitzerte der Eiffelturm in voller Größe. Um uns herum ein Paar Menschen und ein paar Musikanten die auf ihren Instrumenten musizierten.

„Es ist wunderschön, Dankeschön."

„Möchtest du tanzen?"

„Nichts lieber als das."

Er nahm meine Hand und dann fingen wir an langsam zu tanzen. Und ich dachte früher immer, sowas würde es nur im Märchen geben und niemals im realen Leben. Aber mit den richtigen Menschen, gibt es sowas nicht nur im Märchen.

Plötzlich aber passierte etwas, was nicht grade in das Märchenschema passte. Ich bekam keine Luft mehr und mir wurde plötzlich ganz schwindelig.

„Taylor, ich bekomme keine Luft mehr."

Und im nächsten Moment viel ich zu Boden.

„Skyler, was ist los?", sagte er plötzlich hysterisch, fast panisch.

„Ich habe keine Kraft mehr aufzustehen. Meine Beine sind zu schwach."

Ich lag in seinen Armen und bekam sehr schwach Luft, geschweige denn konnte mich kaum rühren. Und in diesem Moment fühlte sich nicht nur mein Herz schwer an, sondern mein ganzer Körper.

„Verlass mich nicht."

Taylor hatte Tränen in den Augen.

„Werde ich nicht, Ich muss mich nur einen Moment ausruhen."

„Du hast alle Zeit der Welt. Alle Zeit."

Kapitel 21
Auch das Schöne hat mal ein Ende

Am nächsten Morgen wachte ich in unserem Bett in unserem Hotelzimmer auf. Ich konnte mich zwar nicht daran erinnern, wie ich hier her gekommen war, aber an dass, was davor passiert war. Das durfte ich Mom und Dad auf keinen Fall erzählen. Sie würden mich umbringen. Obwohl sterben, sterben wollte ich sowieso. Also machte es eigentlich gar keinen Unterschied, ob sie mich töten oder ich selbst mein Leben beenden würde.
Wir frühstückten auf unserem Balkon und gingen anschließend shoppen. Dann erreichte mich eine Nachricht von Robin auf Instagram.

**Hey Skyler, Ich hoffe bei dir, bzw.
bei euch ist alles gut. Wann
kommt ihr nach Hause?
Ich vermisse dich.**

Ich überlegte kurz und schrieb ihm dann zurück.

Bald. Versprochen.

Dann legte ich mein Handy wieder an die Seite.

„Du, Taylor."

„Hm", er schaute mich fragend an.

„Was hältst du davon wenn wir morgen früh nach Rotterdam fahren?"

„Du meinst zurück in die Heimat?"

„Fast. Wir könnten einen Tag in Rotterdam verbringen und dann zurück nachhause fahren. Ich vermisse Mom und Dad irgendwie."

„Ist das das schlechte Gewissen, weil du einfach so gegangen bist?"

„Nein, ich bereue garnichts. Diese Reise war das Beste, was mir je passieren konnte. Warum sollte ich so etwas bereuen."

„Also wenn du morgen zurück in die Niederlande willst, können wir das gern tun. Ich dachte nur wir besuchen heute noch ein Theater zusammen." Er holte zwei Tickets für den Nussknacker aus seiner Hosentasche.

„Ja, unbedingt, da gehen wir hin!", sagte ich und strahlte ihn über beide Ohren an.

Nach dem Theaterbesuch gingen wir zu Fuß zurück zum Hotel. Bevor wir einschliefen stellte ich noch schnell einen Wecker für um 05:00 Uhr. Dann gingen wir schlafen.

Am nächsten Morgen fuhren wir mit dem Bus

zurück in die Niederlande. Nur nicht nach Amsterdam, sondern nach Rotterdam. Ich wollte noch nicht jetzt Nachhause. Nicht heute.

Wir gaben unser Gebäck im Hotel ab, da wir noch nicht in das Zimmer konnten und gingen zu einem Stand, der vor dem Hotel war, um uns anschließend zwei Fahrräder auszuleihen. Ich liebe es Fahrrad zu fahren und heute war die ideale Gelegenheit dazu. Nur durch die Essstörung habe ich nicht mehr ganz so viel Energie dazu und muss oft mit mir kämpfen voran zu kommen. Besonders dann, wenn es Berg auf geht.

Ein junger Herr schob mir ein Fahrrad aus dem Stand heraus und übergab es mir.

„Das sieht ja genauso aus, wie meins womit Ich damals mein Unfall hatte", sagte ich, als ich meins entgegen nahm, zu Taylor.

„Unfall?", fragte Taylor verwirrt und irgendwie auch ein bisschen besorgt. Er runzelte seine Stirn und hatte Fragezeichen im Gesicht.

„Ja, ist schon ein bisschen her. Ist auch nicht wichtig." Ich setzte mich auf das Fahrrad und fuhr los.

„Kommst du?", fragte ich ihn und drehte mich um, da er immer noch nicht auf seinem Fahrrad saß.

„Ja, ich komme ja schon."

Dann holte er mich ein.

„Wo fahren wir hin?", fragte er nach einer ganzen Weile.

„Was essen? Ich habe Hunger."

„Guter Plan, dann los."

Nach ungefähr 20 Minuten Fahrt kamen wir bei einem kleinen Lokal an, wo wir uns niederlassen.

„Was bestellst du?"

„Ich weiß es nicht, aber ich glaub Avocado Toast. Ich liebe Avocado."

„Ich hab noch nie Avocado auf Toast gegessen. Immer nur im Sushi", gestand Taylor.

„Dann solltest du das mal probieren."

Nach einem gelungen und entspannten essen nahmen wir unsere Fahrräder, von der Laterne, an der wir sie angeschlossen hatten, stiegen drauf und fuhren noch ein wenig durch die Innenstadt von Rotterdam. Wir landeten schließlich bei einem schönen Park, wo viele Blumen in voller bracht und Schönheit blühten und die Vögel zwitscherten. Wir schlossen unsere Fahrräder an und gingen noch ein Stück spazieren, bis wir, als es anfing zu dämmern wieder zurück zum Hotel fuhren.

„Wollen wir was zu essen bestellen? Oder uns irgendwas holen?"

„Kannst du machen wenn du möchtest."

„Und was ist mit dir? Möchtest du nichts?"

„Nein, danke. Ich bin noch satt von vorhin.“

„Aber das war doch nur ein Toast“, sagte er und schaute mich nicht gerade so an, als würde er mir das glauben.

„Doch ich bin satt.“

„Davon wirst du auch nicht wieder gesund.“

Jetzt schaute ich ihn an. „Was soll das denn jetzt heißen?“

„Das du selbst mit anpacken musst. Du kannst nicht erwarten, dass wer kommt und dich daraus zieht. So ist das Leben nicht. Warte nicht auf jemanden der dich rettet. Du musst dich selbst retten.“

„Du verstehst das alles nicht.“

„Ist das jetzt dein Ernst? Ich verstehe es nicht?“

Mit einem Mal wurde er agressiver und automatisch lauter.

„Du weißt nicht wie das ist. Du weißt nicht wie es mir geht.“

„Du weigerst dich doch, wenn man dir helfen will, weil du nur deine Krankheit im Kopf hast. Du denkst nur noch daran. Du richtest dein ganzes Leben nur noch nach deiner Krankheit aus, statt die Krankheit nach deinem Leben.“

„Wow das hätte ich jetzt nicht erwartet. Besonders nicht von dir.“

„Jeder versucht dir zu helfen, aber du lehnst alles

ab. Es geht nicht immer nur um dich, Skyler. Hast du eigentlich eine Ahnung was du uns allen antust mit deinem Verhalten. Deiner Familie und mir?"

Und in diesem Moment sagte ich etwas, was ich eigentlich garnicht sagen wollte. „Sagt derjenige, der dafür gesorgt hat dass es mir so geht."

„Was hast du gesagt." Er schaute mich skeptisch an und wischte sich eine Haarsträhne aus dem Gesicht.

„Du hast schon verstanden."

„Ich weiß, dass ich viel falsch gemacht habe, aber ich habe es im Gegensatz zu dir eingesehen."

„Du meinst also ich übertreibe."

„Das habe ich nicht gesagt."

„Wer ist mir den bitte nach Amsterdam nach gereist. Das war nicht ich. Ohne dich wäre ich viel besser dran. Wärst du doch bloß in New Jersey geblieben." *Das war gelogen. Ohne ihn wäre mein Leben grauenhafter, als wie es schon ist.*

„So denkst du also ja? Ich war immer für dich da." Ein Moment der Stille, dann faselte Taylor etwas vor sich hin.

„Ich kannte John."

„Was hast du gesagt?"

„John und ich kennen uns."

„Du warst es, der ihn dazu angestachelt hat mir weh zu tun?"

„Nein so war es nicht."

„Ach ja, wie war es denn dann?"

„Nicht so, wie du denkst."

„Was denke ich denn, sag es mir."

„Siehst du, ich will dir etwas erklären und du hörst nur das, was du hören willst."

„Dann erklär es mir."

„Es hat ja eh keinen Sinn."

„Es reicht mir, ich gehe."

„Na bitte, dann geh doch. Immer wenn es kompliziert wird rennst du weg. Es wird Zeit das du dich dem stellst und endlich aufwachst. Das Leben ist nicht rosa rot. Es fickt jeden von uns, nicht nur dich."

Ich stand im Türrahmen und schaute mich noch einmal nach ihm um. Dann ging ich nach draußen, ohne dass ich eine Ahnung hatte wohin ich sollte.

Kurz nachdem ich aus dem Hotel draußen war und mir die Kühle, aber zugleich angenehme Abendluft ins Gesicht pustete, kam Taylor auf mich zu gerannt. Ich drehte mich um und blieb stehen.

„Es tut mir leid. Ich wollte das nicht", sagte er.

„Erklär mir das mit John. Ich versteh es nicht. Woher kennt ihr euch bitte?"

„John und ich haben uns damals in New Jersey kennengelernt. Aber wir waren nicht befreundet oder so. eigentlich sogar eher das Gegenteil."

Er schaute mich durchdringend an. „Wir haben damals zusammen gekifft."

„Und? Was ist dann passiert?"

„John hat mich erpresst. Er wollte das ich das Geld von meiner Ex nehme, damit er sich davon Drogen kaufen kann."

„Und du hast dann das Geld genommen?"

„Ja, aber ich wollte es nicht. Er hat mich dazu gezwungen. Ich hatte keine andere Wahl."

„Warum hast du mir das nicht von Anfang an gesagt?" Ich hielt meine Arme vor die Brust und schaute zu Boden. „Du hättest mit mir darüber sprechen können."

„Mir war es unangenehm, okay?"

Wieder schwiegen wir.

„Hast du was mit der Vergewaltigung zu tun?", fragte ich ihn und hatte um ehrlich zu sein Angst vor seiner Antwort.

„Nein, Skyler natürlich nicht, wo denkst du hin?"

„Aber wenn ihr beide euch kennt, dann muss es doch irgendwelche Hintergründe geben. Außerdem du sagtest doch ihr kennt euch aus New Jersey. Wie kommt er bitte nach Amsterdam?"

„Er hat damals mitbekommen, dass ich ausgezogen bin und ist mir anscheinend gefolgt."

„Hörst du dich eigentlich selbst reden?"

„Es ist die Wahrheit, Skyler."

„Aber warum das alles? Wie kommt er dazu mich zu vergewaltigen?"

„John hat mir gesagt, wenn ich jemanden etwas verrate dann wird er alles unternehmen um es mir heimzuzahlen."

„Aber du hast es doch niemanden erzählt oder?"

„Doch das habe ich."

„Wem hast du es erzählt?"

„Deinem Bruder."

„Warte versteh ich das grade richtig? Du hast es Robin erzählt, aber mir nicht?"

„Robin hat mir die 2000 Euro gegeben. Weißt du noch als wir zusammen bei Coffee Fellows waren und ich dir erzählt habe, dass ich schon 2000 Euro überwiesen habe? Das war weil Robin mir dazu geraten hat."

In diesem Moment fühlte es sich an, als würde mir der Boden unter den Füßen entzogen werden. Ich ging ein paar Schritte weiter zu einer Bank und setzte mich. Taylor tat es mir gleich.

„Ich weiß, das ist grad alles ein bisschen viel für dich aber-"

„zu viel? Eindeutig zu viel für einen einzigen Abend. Ach quatsch was rede ich da, für ein einziges Leben."

„Ich hätte da eher mit dir drüber sprechen müssen, ich weiß aber ich konnte nicht", sagte er und knibbelte an seinen Fingernägeln, so wie ich es immer tat, wenn ich nervös war. „Ich wollte nicht mit dir streiten."

„Das hättest du dir vorher überlegen müssen, Taylor."

Ich stand von der Bank auf, auf der ich eben noch gesessen hatte und ging zurück zum Hotel. Taylor kam mir nach.

„Jetzt sei nicht so nachtragend."

„Bin ich nicht."

„Nein, überhaupt nicht."

Ich sagte nichts mehr und schloss die Tür unseres Zimmers auf und ließ mich auf das riesige Bett, in der Mitte des Raumes fallen.

Minuten vergingen und keiner sagte etwas.

„Willst du jetzt die ganze Zeit schweigen?"

„Ich fahr morgen früh nachhause. Der Bus kommt um 6 Uhr", sagte ich und kuschelte mich in die Bettdecke ein. Diese Nacht war ich ihm distanzierter, als je zuvor.

Kapitel 22

Ein Wiedersehen mit alten Bekannten

Am Nächsten Morgen fuhren wir zurück nach Amsterdam und das bereitete mir echt totale Angst. Nicht nur wieder zurück ins Krankenhaus zu gehen und meinen normalen Alltag weiter zu leben, auch wenn er nach dieser Reise alles andere als normal sein wird. Sondern auch Angst vor meinen Eltern. Und irgendwie auch Angst vor mir selbst.

Taylor und ich fuhren zwar zusammen nachhause, redeten aber bei der ganzen Fahrt kein einziges Wort miteinander. Erst als wir ankamen entwickelte sich ein Dialog. Zumindest wenn man es so nennen möchte.

Bei unserer Ankunft in Amsterdam zeigte meine Uhr 10:33 Uhr an. Die Zeit, wo ich im Normalfall meine Therapiestunde hätte. Gedanken schossen durch meinen Kopf. Was wenn mich das Krankenhaus nicht mehr aufnehmen möchte. Was wenn meine Eltern mich zuhause rausschmeißen und kein Wort mehr mit mir reden wollen. Wohin geh ich dann? Taylor riss mich aus meinen Gedanken.

„Wollen wir gleich ins Krankenhaus?"

„Es geht dich eigentlich nichts an, aber es wäre das Beste oder? Schließlich war ich seit Ewigkeiten nicht mehr da."

„Ja, schon. Aber nur zu deiner Information, es geht mich schon was an."

„Du lässt mich reden, verstanden?"

„Aber sicher."

Da waren wir nun, vor dem Saint Grace Hospiz in Amsterdam. Nach langem mal wieder.

„Meinst du deine Eltern sind da?"

„Ich weiß es nicht. Warte ich rufe Robin an."

Ich wählte die Nummer und hielt mein Handy dann an mein Ohr. Erst nahm keiner ab, doch dann hörte ich seine Stimme.

„Skyler, alles gut bei dir?"

„Ja, alles super."

Es folgte eine kurze Pause.

„Sag mal, wo sind Mom und Dad?"

„Wir sind im Krankenhaus."

„Wir? Was heißt das?"

„Mom und Dad haben gleich ein Gespräch mit dem Chefarzt. Warum fragst du?"

„Ein Gespräch, Worum geht es?"

„Sie wollen dich entlassen, weil sie nicht wissen wann du wieder da bist. Sie meinen dein Verhalten wäre kindisch und naja, es stehen viele weitere auf der Warteliste und wollen diesen Platz."

„Robin warte ja. Gib mir 5 Minuten", sagte ich und legte dann auf ohne noch etwas zu sagen.

Ich steckte mein Handy in die Hosentasche meiner Schwarzen Skinny Jeans und nahm dann meine Tasche hoch.

„Wir müssen da rein. Jetzt"

Er gehorchte mir sofort und zusammen gingen wir die Treppen hoch. Nun war ich nur noch ein paar Schritte von meinem alten leben entfernt. Oder sollte ich eher sagen von meinem neuen Leben? Schließlich wird nach dieser Reise nichts mehr das Selbe sein. Was auch immer es für ein Leben ist. Es gehört mir.

Angst durchströmte meinen ganzen Körper und ein leichter Schweißfilm bildete sich auf meinen inneren Handflächen. Ich holte tief Luft, dann öffnete ich die Tür, die das Treppenhaus und die Station voneinander trennte. Und dann sah ich Mom und Dad.

Sie starrten mich an, als wäre ich ein Alien oder so was in der Art, als ich durch die Tür kam, die mich wieder dahin brachte, was ich vor geraumer Zeit mein Zuhause nannte. Ich sah das Gesicht meiner Mutter. Sie wirkte traurig, sauer und erleichtert zu gleich, während das Gesicht meines Vaters stumm war. Er hatte keine Emotionen.

In der nächsten Sekunde rannte meine Mutter auf mich zu. Wahrscheinlich brauchte sie eine Weile um zu realisieren, dass ihre Tochter wieder lebend vor ihr stand, nachdem sie ja keine Ahnung hatte wo ich war und ob es mir gut ging und ob ich überhaupt jemals wieder kommen würde. Zumindest für diesen Moment.

Ich lief ihr, in so fern ich auch konnte entgegen, doch dann merkte ich ein zerren in meiner linken Brust. Aus einem zerren wurde tiefer Schmerz, der Schritt für Schritt immer schlimmer wurde. Und dann plötzlich spürte ich meine Beine nicht mehr und ich fiel zu Boden.

„Skyler", schrie Taylor fast gleichzeitig mit meiner Mutter, doch es war schon zu spät. Ich lag bereits auf dem kalten Krankenhausboden und die grellen lichter der Decke beleuchteten meinen Körper. Meine Mutter viel schreiend zu mir auf den Boden und nahm meinen Kopf in ihre Arme.

„Holen sie verdammt nochmal einen Arzt", schrie meine Mutter eine Schwester an, die sofort los rannte.

„Was hast du mit ihr gemacht?" Meine Mutter sah Taylor wütend an. „Sie sieht aus wie ein Gespenst."

Sofort kam ein Arzt, mitsamt seinem Team um die Ecke gelaufen. Er versuchte meinen Puls zu spüren, mein Herz schlagen zu hören, aber da war nichts. Kein schlagen. Und in diesem Moment wusste keiner, ob es jemals wieder schlagen würde.

„Alle Weg hier. Sofort. Wir müssen reanimieren", schrie er und scheuchte meine Mutter, die komplett unter Schock stand zur Seite. Mein Vater nahm sie zu sich und drückte sie fest an sich. Robin nahm Taylor und ging. Ich wusste nicht wohin, aber sie gingen.

Weitere Ärzte kamen um die Ecke gelaufen und schuben ein Gerät auf einem Wagen mit sich.

„Sofort weg hier", rief der Arzt und drängte meine Eltern noch weiter zur Seite. Dann kamen die Schwestern und nahmen meine Eltern mit in ein separates Zimmer, nicht weit weg von mir entfernt. Die Ärzte versuchten alles was in ihrer Macht stand um mich wieder zubekommen und mich wieder ins Leben zu holen. Doch es war sich keiner so sicher, ob ihnen das auch gelang. Ich war in diesem Moment dem Tod näher, als alles andere.

Kapitel 23
Auch das Böse hat gute Seiten

Ich wurde wach und öffnete langsam meine Augen. *Ich glaube, ich bin in der Hölle. Warum sollte auch so jemand wie ich im Himmel sein.*

„Gott sei Dank, sie ist wach", hörte ich eine Stimme sagen, die eindeutig zu meiner Mutter gehörte.

Nichts von beidem. Ich war auf der Erde.

Ich lebe noch.

Ich riss meine Augen nun komplett auf und sah auch den Rest meiner Familie und Taylor in dem kleinen Zimmer sitzen.

„Was ist passiert? Wo bin ich?", fragte ich verwirrt.

„Du bist unmächtig geworden, weil dein Herz ausgesetzt hat. Die Ärzte mussten dich wiederbeleben. Sie haben wohl Wasser in deinem Herzen gefunden. Jetzt bist du auf der Intensivstation." Meine Mutter wischte sich mit einem Taschentuch eine Träne von den rosigen Wangen. Sie musste Panik gehabt haben und ich war daran schuld. Und es tat mir verdammt leid. Das letzte was ich wollte, war meiner Familie Panik zu machen und sie in Angst und Schrecken zu versetzen. Was habe ich mir bei dieser Reise eigentlich gedacht. Es war eine scheiß Idee.

Nachdem ich wieder komplett zu mir gekommen war und einen kleinen Schluck Wasser getrunken hatte, kam das wovor ich am allermeisten Angst hatte. Erst schwiegen wir uns alle nur an, aber dann kam die zu erwartende Standpauke.

„Was wolltest du uns mit dieser Aktion eigentlich beweisen, Skyler? Was sollte das?", fragte mein Vater fassungslos und man merkte das er enttäuscht von mir war.

„Und du Robin, du hättest uns erzählen sollen, das sie Kreuz und quer durch Europa gereist sind. Es hätte noch viel Schlimmeres passieren können."

„Das hier war doch schon schlimm genug", sagte meine Mutter und nahm meinen Vater an dem Arm, aber er schlug ihre Hand weg.

„Du hättest sterben können. Noch nicht einmal dein Sauerstoffgerät hast du mitgenommen. Ich habe dich echt für schlauer gehalten. Das ist nicht meine Tochter."

Mein Vater ließ seine Arme zu Boden sinken und drückte sie an seinen Körper und ging zur Tür.

„Ben warte doch", forderte meine Mutter ihn auf, doch es war zu spät. Mein Vater war weg und ich war fast tot. Es war nur noch eine Frage der Zeit.

Auf Wiedersehen

Kapitel 24

Vier Tage nach diesem Ereignis, war ich wieder Stabil genug (für meine Verhältnisse natürlich) und wurde aus dem Krankenhaus entlassen. Auf eigene Gefahr versteht sich. Meine Eltern machten ein riesiges Theater deswegen, aber ich wollte nicht mehr, dass sie die Krankenhaus Rechnungen bezahlen, wenn ich doch eh nicht mehr leben möchte. Das hat man nun mal davon, wenn man mich liebt. Kein erfülltes Leben, Eine dicke Krankenhausrechnung und Unmengen an Problemen.

Die Ärzte sagten, dass mein Verhalten un-professionel war und sie mich nicht weiter behandeln möchten, wenn ich mich nicht endlich zusammenreißen würde. „Es gibt Menschen, die diesen Platz wirklich brauchen und diesen Wertschätzen." Das wurde mir ziemlich deutlich gesagt. Und so kam ich zu diesem Beschluss nachhause zugehen und meinen Platz jemand anderem zu überlassen, der ihn wirklich braucht und diesen schätzt. Jemanden, der wirklich leben möchte.

Ich zog mir eine Jogginghose an, holte mir einen

Block und einen Stift von meinem Tisch und begann zu schreiben. Die Worte flossen nur so aus mir heraus und es dauerte nicht lang, bis ich einen Brief fertig gestellt hatte. Ich faltete ihn zusammen und legte ihn dann zurück auf meinen Tisch. Dann zog ich mir Schuhe an und schlich mich nach unten zur Haustür. Leise machte ich sie auf, ging heraus und schloss sie hinter mir. Meine Schlüssel ließ ich zuhause. Die werde ich nicht mehr brauchen. Nie wieder.

Draußen war es eine angenehme Temperatur und der kühle Wind tat auf der Haut gut. Ich ging die Straßen entlang, bis hin zu einer Brücke.

Ich war angekommen.

Man sagt, es braucht einen Auslöser um deine Sicht zu ändern. Fünf um dich zu töten. In meinem Fall waren es deutlich mehr als fünf und mittlerweile auch zu viele um sie zu zählen. Irgendwann habe ich einfach aufgehört. Ich glaube das war an dem Tag, an dem Ich Taylor kennenlernte. Ich habe in meinen 19 Jahren viel durch machen müssen und bin zu einer Erkenntnis gekommen. Sie ist schmerzhaft, aber ich akzeptiere sie.

Menschen die gehen, hatten nie die Absicht zu bleiben und Gefühle die wieder da sind, sind Gefühle die nie weg waren. Früher habe ich das nie verstanden, oder wollte es nie wahr haben. Mittlerweile akzeptiere ich, dass es so ist. Und es wird auch nie aufhören so weh zu tun.

Ich glaube jeder Mensch in unserem Leben hat diesen einen besonderen Menschen, der einem für immer im Kopf begleiten wird. Und für mich bist genau du dieser Mensch, Taylor. Du bist das schmerzhafteste und schönste zugleich in meinem Leben. Du bist etwas, was so vieles besser gemacht hat (aber auch so einiges schlechter). Wenn ich jetzt die Wahl hätte zu entscheiden ob du eine Lektion, eine Strafe oder ein Geschenk warst, könnte ich mich nicht entscheiden. Vermutlich würde ich sagen, dass du für mich alle drei Punkte erfüllt hast.

Eine Strafe, weil du mir den schrecklichsten Liebeskummer bereitet hast, den ich mir je vorgestellt habe.

Eine Lektion, weil ich durch dich vieles gelernt habe und neue Sichtweisen entdeckt habe, die ich vorher nie zu träumen gewagt hatte.

Und ein Geschenk, weil du mir so tolle Momente bereitet hast und ich nie jemanden so innig geliebt habe wie dich. Und ich glaube ich werde auch niemals jemand anderen so lieben können. Niemals. Aber nun müssen sich unsere Wege trennen und dieses Mal ohne Rückkehr.

Ich musste feststellen, dass ich nicht immer nur die war, die verletzt wurde. Ich war auch die, die andere verletzt hat. Nur ich habe das viel zu spät gemerkt.

Ich lehnte mich an die Brücke und schaute den Autos, die unten hindurch fuhren hinterher und Plötzlich, wie aus dem nichts, kam eine Konversation von Taylor und mir wieder hoch, die wir vor ungefähr mehr als einem Jahr im Sommer geführt hatten. Er wusste von meinen Selbstmord-Gedanken und der ganzen Thematik und dann sagte er etwas, was mich zu tiefst verletzte. „Du hast es nur probiert, es hat nicht funktioniert. Du lagst nicht wie Lara (Eine Freundin von ihm) auf der Intensivstation, also zählt es bei dir nicht."

Und ich weiß nicht warum, aber in diesem Moment musste ich mich daran erinnern.

„Aber Taylor, vielleicht zählt es ja jetzt."

Kapitel 25
Sag ihnen, dass ich sie liebe

-Taylors Sicht -

Ich sah sie vor mir. Sie schaute mir tief in die Augen und eine Träne rollte ihre Wange hinunter. Sie zitterte und plötzlich sprang sie. Sie sprang in die Nacht hinein. In die Dunkelheit
„Skyler", schrie ich, doch sie antwortete nicht mehr. Sie war tot. Skyler war tot.
Schweißgebadet und völlig außer Atem wurde ich aus meinem Traum gerissen. Ich hatte einen Albtraum.
„O Gott es war nur ein Traum." Ich faste mir an die Stirn. Sie war klitsch nass. Ich ließ mich zurück in mein Bett fallen und griff nach meinem Handy.

Hey Skyler, ich weiß es ist
ziemlich spät, oder eher früh?
Ich weiß nicht, was meinst du?
Jedenfalls wollte ich wissen, wie es dir geht?

Nachdem ich nach sieben Minuten keine Antwort

hatte, schrieb ich ihr noch eine Nachricht, da ich mir sicher war, das sie schon schlief und die Nachricht erst am nächsten Morgen sehen würde.

Schlaf gut hny

Ich legte mein Handy wieder auf meinen Nachttisch und schlief wieder ein.

Gegen Mittag wurde ich wach und musste feststellen, das Skyler mir nicht geantwortet hatte. Dabei antwortete sie immer sofort, wenn sie die Nachricht sah. Ich wählte Robins Nummer. Kein Erfolg, er ging nicht ran.

Ich ging in das Badezimmer und machte mich für meine Schicht in der Tankstelle fertig. Es dauerte nicht lang und ich machte mich auf den Weg zu meiner Arbeit. Auf dem Weg dorthin bekam ich ein sehr ungutes und unwohles Gefühl. Ich musste an der Brücke lang, von der ich vergangene Nacht geträumt hatte. Von weiten sah ich ein rotes flackerndes Licht. Diese Lichter, die man oft auf Friedhöfen sieht. Und ich sah Blumen. Rote Rosen. Und dann sah ich ein Foto.

Ich begann zu zittern und mein Adrenalin ging hoch. Ich kam näher und dann sah ich sie. Skyler war die Person auf dem Foto.

„Es war kein Traum, es war wirklich passiert", sagte ich und wollte es nicht wahr haben. Tränen bildeten sich in meinen Augen und glitten meinen knochigen Wangen hinunter.

„Skyler", schrie ich, auch wenn sie es nicht hörte. Sie würde es nie wieder hören.

„Skyler, verdammt noch mal."

Ich hielt mich am Gelände der Brücke fest und schaute hinab. In dem Moment klingelte mein Telefon. Es war Robin.

„Ist Skyler bei euch? Ist das alles ein schlechter Scherz?"

„Taylor, sie."

„Ich weiß da sie bei euch ist", schrie ich.

„Taylor, Skyler ist tot."

Ich sagte nichts mehr. Mir riss es den Boden unter den Füßen weg und ich fiel hin. Schluchzend setzte ich mich neben das Foto von ihr.

„Taylor, wo bist du grad? Warte da auf mich, ich werde dich abholen."

„Ok."

„Wo bist du?"

„Bei der Brücke."

„Ich bin in 10 Minuten da. Ich beeile mich. Bleib wo du bist."

Robin riss mich in sein Auto und fuhr mich zu ihm

nachhause. Ich betrat das Haus der Johnsons und setzte mich zu Robins trauernden Eltern. Wir saßen nur so da und sagten nichts, doch dann brach Robin die Stille.

„Skyler ist vergangene Nacht abgehauen. Keiner hat etwas mitbekommen. Weder Mom und Dad, noch ich."

„Sie hat es ja schon einmal geschafft abzuhauen."

„Die Notärzte haben sie gegen 3 Uhr tot unter der Brücke gefunden."

„Ist sie gesprungen?"

„Ja, sie war sofort tot. Die Ärzte sagten, sie hätte keine Schmerzen gehabt."

„Sie hatte unfassbar dolle schmerzen. Sie hat gelitten."

„Ich weiß, aber beim Aufprall… Ach Gott ich weiß nicht wie ich das sagen soll. Sie hat nichts gespürt. Sie war sofort tot."

„Wir hätten für sie da sein sollen. Wir hätten es verhindern können."

„Nein, nur Skyler selbst hätte es verhindern können."

Tomorrow it´s gonna be one year

Kapitel 26

„Aber heute halten wir an den Erinnerungen fest, weil sie alles sind, was wir noch haben." (Zitat von Clay Jensen, Tote Mädchen lügen nicht).

Mir schossen Tränen in die Augen, als der Pfarrer das sagte und ich konnte sie nur ganz schwer zurück halten. Ich schaute rechts neben dem Pfarrer und dort sah ich den Sarg stehen. Da lag sie also. Und sie sagte kein Wort mehr. Skyler war tot und sie würde nie wieder etwas sagen.

Robin betrat die Bühne. Ich schaute zu Mrs. und Mr. Johnson, den Eltern der beiden. Mrs. Johnson wischte sich mit ihrem schneeweißen Taschen-tuch die Tränen unter ihren mittlerweile schon angeschwollenen und roten Augen weg. Dann widmete ich meiner Aufmerksamkeit wieder ganz Robin.

„Skyler war mehr, als wie einfach nur eine Schwester für mich. Sie war meine Seelen-verwandte. Ich konnte mit ihr immer über alles sprechen. Ganz egal was es war, sie war immer da.

Sie hat immer jedem gesagt, auch mir, dass man immer etwas Positives an jeder Situation sehen soll. Auch an den schlechten Situationen. Nur sie selbst konnte irgendwann nichts Positives mehr sehen. Sie selbst war es, die sagte, dass man immer einen Grund brauch, um morgens aufstehen zu wollen. Einen Grund, der dein Leben, lebenswert macht. Und sie selbst hat ihr Leben an einem Punkt nicht mehr als lebenswert angesehen und sprang.

Jeden von uns lächelte sie an. Tag für Tag und hinter dieser Fassade wünschte sie sich jeden Tag, nichts mehr, als einfach nicht mehr da zu sein. Und ich frage mich oft, warum es ausgerechnet meine Schwester war, die so leiden musste."

Nach der Beerdigung verließ ich das Gebäude allein. Ich wollte einfach nur nach Hause, doch auf dem Parkplatz hielt mich Robin auf. Er hatte einen kleinen zusammen gefalteten Zettel in seiner linken Hand.

„Taylor, warte kurz", sagte er und kam auf mich zu gelaufen.

Ich schaute ihn gespannt an.

„Wir haben in Skylers Zimmer das hier gefunden." Er ließ den Blick auf den Zettel wandern. „Ich glaube, dass er an dich gerichtet ist."

Ich nahm den Zettel entgegen und klammerte ihn an meinen Körper.

„Ich soll dich von meinen Eltern fragen, ob du noch mit zu uns kommen möchtest."

„Robin, dass ist nett, aber-"

„Bitte, Taylor."

„Ok", sagte ich schließlich, auch wenn ich das am allerwenigsten wollte. Ich schaute ihn geknickt an und musste mir eine Träne aus dem Gesicht wischen.

„Da vorne steht unser Auto", sagte Robin und zeigte mit seinem Zeigefinger auf das Auto rechts vor uns. Ich ging mit Robin zusammen zum Auto und stieg hinten ein. Dann klappte ich den Brief auseinander.

Tomorrow its gonna be one year

Lieber Taylor,

wenn du diesen Brief hier liest, dann weißt du ja was passiert ist. Ich habe dir nichts von meinen Plänen erzählt, weil ich geahnt habe, dass du mich dann überredet hättest eine weitere Therapie zu machen, aber das möchte ich nicht. Es hätte keinen Sinn gemacht, denn es wäre nie vollständig gut gewesen. Ich hätte nie ein richtiges Leben führen können, weil ich zu stark an meinen Krankheiten festgehalten hätte. Ich hätte nie ganz los lassen können, dafür ist zu viel geschehen. Du weißt das, denn ich habe dir gesagt, dass ich in meiner Vergangenheit gefangen bin.
Ich weiß noch damals, als ich dich das aller erste Mal bei Wallys gesehen habe.

Ich weiß es, als wäre es gestern gewesen. Du bist mir sofort ins Auge gefallen und ich habe mir ausgemalt, das wir vielleicht Freunde werden oder sowas. Ich habe nie daran geglaubt, dass wir uns so nah kommen werden und mehr als einfach nur Freunde sein werden. Ich bin glücklich darüber, dass ich dich kennenlernen durfte. Ich weiß, dass du es nicht leicht hast und mir tut es von Herzen leid, aber ich kann nicht anders. Ich wäre gern bei dir geblieben, aber das Leben kann manchmal ein ganz schönes Arschloch sein. Ein Arschloch, wie es viele Menschen die mal in meinem Leben waren, waren. Du warst kein Arschloch, auch wenn viele das immer von dir dachten. Ich dachte das nicht. Und ich werde es auch nie denken. Ich wünschte diese Depression und die Magersucht wäre nie dagewesen. Vielleicht wäre dann aus uns etwas richtiges geworden. Etwas für immer.

Warum haben wir uns zu einem so schlechten Zeitpunkt kennengelernt? Es wäre für jeden von uns besser gewesen. Und es hätte uns beiden eine Menge schmerzen erspart. Aber so ist das mit dem Schmerz. Er will gefühlt werden. Und er muss gefühlt werden. Und ohne Schmerzen würden wir nicht wissen, wie es sich anfühlt glücklich zu sein.

Taylor, du weißt garnicht wie viele Schmetterlinge ich im Bauch hatte, bevor wir uns immer getroffen haben. Ich habe mich immer gefreut, wie ein kleines Kind, das von ihren Großeltern Süßigkeiten geschenkt bekommt.

Mir ist viel schlechtes in meinem Leben passiert. Meine Magersucht, Die Vergewaltigung, Der Rückfall, aber du, du hast einiges wieder besser gemacht, Taylor. Wir haben in der Zeit die wir zusammen hatten viel schlechtes erlebt, aber auch viel gutes. Wir sind zusammen abgehauen und in Europa rum gereist und damit hast du mich zum glücklichsten Menschen auf der ganzen Welt gemacht. Ich wünschte mir so sehr, wir hätten uns unter anderen Bedingungen kennengelernt. Dann wäre vielleicht einiges anders gelaufen. Besser vielleicht. Ich weiß, dass was ich getan habe, ist nicht die beste Art Lebewohl zu sagen, aber ich konnte nicht anders. Mein Leben hat an dieser Stelle keinen Sinn mehr ergeben. Zu sehr hat die Erinnerung an all das Ganze, was passiert ist geschmerzt. Es hat jeden Tag ein Stückchen mehr weh getan. Mit jedem Auslöser mehr und mehr. Und ist es nicht besser, es vorher zu beenden, bevor einen die Schmerzen in etwas Abscheuliches verwandeln?

Bitte Taylor, weine nicht um mich. Ich weiß dass du glücklich sein wirst. Du wirst eine wundervolle Frau kennenlernen und du wirst sie lieben und du wirst Kinder bekommen. Zwei vielleicht, oder

drei. Du wirst ein wundervoller Vater sein.
Und irgendwann wenn du schon alt und
hässlich bist, wirst du dich an mich
erinnern und auch an meine erste Party.
Weißt du noch was du auf meinem
Becher damals geschrieben hast?
<u>Tomorrow ist gonna be one year.</u>
ich möchte dass du glücklich wirst.
Nichts wünsche ich mir mehr.

In Liebe, Skyler

Since yesterday

Kapitel 27

Nachdem ich von den Johnsons nachhause kam, setzte ich mich an meinen Schreibtisch und begann einen Brief zu schreiben, auch wenn Skyler ihn niemals lesen wird. Ich schrieb ihn, als würde sie ihn doch noch irgendwann einmal lesen. Und vielleicht würde Sie mir zurückschreiben. Ich werde auf eine Antwort warten, Tag für Tag, auch wenn ich weiß, dass ich nie eine Antwort bekommen werde. Nicht mehr von ihr.

Since yesterday

Liebe Skyler,

Ich weiß du wirst das hier niemals lesen, das ist mir bewusst, dem noch hoffe ich, dass doch. Vielleicht sehen wir uns irgendwann wieder und können nochmal über alles sprechen. Über alles was schief gelaufen ist und es besser machen, als vorher. Du weißt, dass mein Leben eine reinste Katastrophe ist. Es war vor dir so und es war auch mit dir so, aber mit dem Unterschied das du mein Leben um einiges besser gemacht hast. Ich weiß noch an dem Tag als du umgezogen bist. Auch wenn man es mir nicht angemerkt hat, aber es hat mich gebrochen. Es hat weh getan zu wissen, dass ich dich nie wieder sehen werde. Als dann alle Ereignisse aufeinmal auf mich ein prasselten wurde mir bewusst, dass das meine Chance ist dich

wieder zusehen. Ich konnte nicht ohne dich Leben. Ich glaube jeder Mensch auf dieser Welt, hat jemanden, ohne der er niemals Leben könnte. Und für mich bist du dieser Mensch. Auch wenn ich es dir nicht oft gezeigt habe. Und das tut mir leid.

All die Sachen, die Sache mit meiner Mutter, mit meiner Ex Freundin und schließlich mit meinem Vater. Ich wünschte ich hätte dir etwas Besseres bieten können. Etwas normales, aber ich konnte es nicht. Das Leben hat dazwischen gefunkt und ich glaube ganz fest daran, hätten wir uns ein Jahr oder von mir aus auch zwei Jahre später kennengelernt, wäre aus uns wirklich etwas geworden. Klar, wir hätten beide noch unser Päckchen zu tragen, aber ich glaube wir wären beide besser damit umgegangen. Zu wissen, dass ich Schuld daran bin, dass du tot bist, zerstört mich. Es zerreißt mich.

Damals als die Sache mit John rauskam, war ich total wütend. Die Erinnerung, was meine Ex Freundin abgezogen hatte, kam wieder hoch und auch wenn mein Bewusstsein und mein teilweise gesunder Menschenverstand mir sagte, das du sowas nie machen würdest und dir vor allem niemals solche Geschichten ausdenken würdest, tat es trotzdem weh. Ich werde mir niemals verzeihen können, dass ich dich an diesem Abend allein gelassen habe. Du hast mich gebraucht und ich war nicht bei dir.

Ich erinnere mich jeden Tag an deine Party. Auf meinem Becher stand <u>since yesterday</u> und ich werde mich auf ewig daran erinnern.

In Liebe, dein Taylor
P.S. Ich komme dich besuchen.

Ich ließ den Stift auf die Holzbraune Oberfläche meines Schreibtisches fallen und lehnte mich in meinen Stuhl zurück. Skyler hatte mir öfters Briefe geschrieben und ich wusste, dass sie auch unbedingt mal einen haben wollte. Aber sie bekam nie einen. Nicht von mir und ich schäme mich dafür. Auch wenn es für viele Menschen nur ein Blatt Papier wäre, für sie, hätte es die Welt bedeutet. Und es tut mir weh, dass ich keinen Arsch in meiner Hose hatte und ihr keinen geschrieben habe. Sie hat mir gelehrt, das man Menschen die man liebt, immer sagen sollte, dass man sie liebt, denn irgendwann ist es zu spät. Und genau an diesem Zeitpunkt sind wir jetzt. Es ist zu spät ihr zu sagen, dass ich sie mehr liebte, als alles andere auf dieser Welt. Und ich werde mich für das, was ich ihr angetan habe, für immer hassen. Ich wollte ihr niemals Schmerz zu fügen, aber ich war zu sehr auf mich selbst fixiert.

Ich nahm den Brief, den ich gerade geschrieben habe zwischen meine zitternden Hände und lass ihn mir erneut durch. Und nochmal und nochmal und nochmal. Und bei jedem erneuten lesen erinnerte ich mich mehr und mehr an sie. Und es tat mehr und mehr weh. Sie hatte mir so oft Briefe geschrieben, aber ich habe ihr nie einen zurück geschrieben. Das habe ich nun davon.

Schließlich legte ich den Brief zusammen gefaltet auf meinen Nachttisch und ging nach neben an in das Badezimmer.

Ich lass mir lauwarmes Wasser in meine Badewanne ein und stieg rein. Ich spürte das Wasser an meiner Haut, dabei wollte ich das ganze Gegenteil haben. Ich wollte nichts mehr spüren.

Ich habe einige Dinge in meinem Leben erfahren müssen, die sehr schmerzhaft für mich waren, aber erst jetzt habe ich gelernt, dass die Vergangenheit, das schmerzhafteste überhaupt auf dieser Welt sein kann. Und umso mehr, wenn man daran festhält.

Danksagung

Ich wollte ein Buch über diese derartigen schlimmen Krankheiten schreiben, weil ich in den vergangenen Monaten mitbekommen habe, wie stark sich manche Menschen mit ihren Krankheiten identifizieren. Ich selbst habe das früher gemacht, aber mit der Zeit habe ich gelernt, dass ich mehr bin als wie die Magersucht. Und ich wollte auch ein Buch über diese Krankheiten schreiben, weil sie am Ende genauso gut zum Tod führen können, wie Krebs und Aids. Vielen ist das vielleicht garnicht bewusst, aber auch psychische Krankheiten, sind Krankheiten und müssen wahrgenommen und vor allem akzeptiert, ernst genommen und behandelt werden.

Ich kann es immer noch nicht fassen, das diese Geschichte jetzt zu Ende ist und ich alles niedergeschrieben habe, was mich so stark an der Vergangenheit festhallten ließ. Alles hat ein Ende gefunden und ich bin mehr als zufrieden damit. Es ist nicht nur das Ende, dieser Buchreihe sondern auch der Versuch endlich mit allem abschließen zu können.

Mit dem Tod der Protogonisten Skyler Johnson, versuche ich mit der Vergangenheit und dem damit verbundenen Schmerz abzuschließen. Auch wenn ich nie aufhören werde zu lieben, so wird es jetzt, für diesen kleinen Augenblick das Ende sein. Das Ende eines ewigen Kampfes gegen meine eigenen Gefühle. Es war ein Krieg mit mir selbst, der jetzt Frieden gefunden hat.

Ich war eine lange Zeit gefangen in meiner Vergangenheit und bin nun freier, als ich es je zuvor in meinem Leben war.

Das schreiben dieser Geschichte war in der Tat eine Therapie. Mehr als wie man sich vorstellen kann, hat die Geschichte mir geholfen mit vielen Dingen besser umgehen zu können. In gewisser Hinsicht hat sie mir geholfen mit mir selbst besser klar zu kommen und mich zu akzeptieren. Es war die richtige Entscheidung, alles niederzuschreiben und diese Geschichte, die nun ihren Frieden gefunden hat, mit der Welt zuteilen.

Es gibt drei Dinge, die ich während des schreibens dieser Geschichte, in meinem Leben erkannt und vor allem akzeptiert habe. Es hat lange gedauert, aber mittlerweile akzeptiere ich sie. Sie lauten:

1. Ich muss NICHT dünn sein, um leben zu dürfen.
2. Ich muss NICHT perfekt sein, um geliebt zu werden.
3. Ich muss NICHT wer anders sein, um akzeptiert zu werden.

Danke an alle die mich unterstützt haben und immer an mich geglaubt haben. Ihr wart mein Fels in der Brandung und habt mir geholfen diese Geschichte zu füllen. Mit Erinnerungen, Konversationen, Gefühlen, Schmerz, Freundschaft und Liebe. Ihr seid alle ein Teil dieses Buches und werdet es auch immer sein.

Danke an alle, die immer an mich geglaubt haben und mich nie aufgegeben haben. Danke an die, die dafür gesorgt haben, dass mir nie der Stoff zum schreiben ausging. Danke an alle, die mein Leben zu dem gemacht haben, das es gerade ist.

In Liebe, eure Saphira